U0545197

# 但願你熱愛這樣的我

Serendipity

米琳

或許，覺得自己不值得被愛的我，
只是很需要有個人對我說，

我不是他的選擇之一，
我是他的唯一。

# 推薦序

金鐘獎編劇 溫郁芳

我曾與米琳有幾面之緣，在那些短暫對談、並肩微笑的時刻裡，我側寫下對她的印象——話語溫柔輕盈，性格帶著細緻敏感的線條。當米琳提起創作時，眼神會發亮，我問她是否曾遇過瓶頸，她笑著承認文字工作者的焦慮，語氣中卻有一種眞誠的熱愛。

這份對文字的執著與敬意，展現在她作品的深度與廣度裡。這部新作《但願你，熱愛這樣的我》，正是她在青春書寫上的一次突破。

本書不再只是高糖甜寵，而是試著走得更深，米琳帶著我們去理解喜歡一個人時的掙扎、自我懷疑與情感邊界。兩位主角因重組家庭而產生交集，他們在身分錯置中尋找自我，也練習靠近彼此。這樣的設定，使情感更爲克制與含蓄，也更具現實的倫理張力。

米琳過去相當擅長貼近青春世代的語言，她描寫角色對話與心理動態細膩眞實，讓人有強烈的共鳴。更令人驚喜的是此次新作對電競世界的描寫，職業不再只是背景，而是成為角色的語言之一。另外她對女性友誼的描寫，也依舊溫柔有力，戲劇上有時為了方便給女主角難題，很容易將女性角色互相對立化處理，但米琳筆下的女孩們不僅能同理彼此，也能陪伴對方度過困惑期，這讓我在閱讀時想起不少成長時期的好友們。

《但願你，熱愛這樣的我》不是一部簡單的戀愛小說，推薦給每一個渴望被理解，或願意去理解他人的你。

# 楔子　奔赴

「徐苒，剩下的值日生工作能不能麻煩妳？我眞的得先走了！」

陳品亦雙手合十地搓了搓，語氣誠懇得令人難以拒絕。她的書包掛在肩上，看起來像是隨時準備起跑。

我抿唇，視線掃過尚未擺放整齊的課桌椅及後走廊那兩包垃圾，剛要開口，就見她揚起討好的笑容，伸出食指再道：「拜託、拜託！最後一次了，我保證！」話落，沒等我點頭，人已經先溜了，校服裙襬隨著急促的步伐搖曳，疾風似地掠出高一三班的教室門口。

無需問陳品亦趕著去哪裡，因爲從她那雀躍又急切的模樣來看，答案顯而易見。

「那個大學生，今天應該也在公車站等她吧。」李采璇懶洋洋地倚在後排課桌上，語帶調侃。

我沒有回應，走上講臺拿起板擦，繼續清理。

陳品亦交了一個正在讀大學的男朋友，這件事在班上早就不是什麼祕密。

每週有兩天，她的男朋友會在學校後門的公車站等她下課，因此，只要到了那幾天，當放學鐘聲響起，她總是匆匆忙忙地收拾東西，奔出教室。

我專注地擦拭黑板，身後的李采璇繼續自顧自地講：「她啊，就是太心急了，上次才會踩空，從樓梯上摔下來，弄得渾身是傷。妳當時不還嘀咕，她到底在急什麼？」

「是啊，她在急什麼？」我低頭清點各色粉筆盒裡剩餘的數量，語氣淡然。

「因爲喜歡啊。」

我手上的動作微頓。

「因爲喜歡，才會不顧一切地奔向對方。」說完，李采璇拎起書包，朝我揮了揮手，「走嘍，明天見。」

我望著她的背影，視線不自覺飄向窗外。

夕陽爲教室鍍上了一層暖橘色，操場上，男生們的嬉鬧聲此起彼落，女同學交頭接耳的低語，依稀自走廊上傳來。

這些畫面全被凝結在時光裡，定格成一幀幀靜止的影像，唯有李采璇的話，在腦海中一遍又一遍重播，最終悄悄地，扎進了心裡。

# 第一章　睡了哥哥怎麼辦？

他不僅是我名義上的哥哥、必修科目的教授，還是……一夜情的對象。

天破魚肚白，晨曦透過窗簾縫隙潛入房內，於凌亂的床鋪和我裸露在被褥外的肩頭上，投下一層淡淡光暈。

我凝視天花板數秒，意識逐漸清醒，昨夜的記憶也悄然回籠。

微微偏過頭，我望向枕邊的男人。他仍沉睡著，眉眼間殘留未散的醉意，呼吸平穩而規律。他的一隻手臂攬住我的腰，掌心貼著側腹，傳遞屬於他的溫度。餘韻未歇，悸動猶存。

在這猶如偷來的片刻靜謐間，我靜靜瞅著眼前許久未見的俊顏，腦海一片空白。

呼吸微滯，我輕輕掙脫他的纏抱，翻身下床，赤足踩在柔軟的地毯上。

我撿起散落一地的衣物和擱在冰箱櫃上的手機，接著環顧室內。

沙發椅、落地窗邊……昨夜纏綿的畫面驀然浮現，令我的臉頰不由得地發燙。

走進淋浴間，強勁水柱沖刷肌膚上殘留的曖昧與體溫，卻抹不掉那些刻進心上的齧痕。

洗漱後，我站在鏡前瀏覽著李采璇傳來的訊息。視線輕抬，無意間掃過頸側，一抹鮮明的紅痕，令我的指尖微頓。

昨夜的每次觸碰、每記親吻，和每一聲深陷其中的喘息……都真實得難以抹滅。

他醉了，但我是清醒的。我本該阻止，卻縱容自己耽溺其中。

昨晚，我與李采璇一同吃宵夜時，接到了一通陌生來電——

手機螢幕亮起，看見來電顯示後，我遲疑了片刻，直到李采璇出聲。

「妳不接嗎？」她問。

我抽了張紙巾擦手，在她的注視下，慢吞吞地接起，「喂？」

「請問是徐苒嗎？」話筒裡傳來一道低沉、帶著幾分客氣的男聲，並非我預期中的那個人。

我眉頭輕皺，語氣卻仍是平穩：「請問哪位？」

「我是瓦力哥，妳還記得嗎？」他頓了頓，又道：「妳國中的時候，有次我和時予去接妳放學，幾個女學生還……」

「我記得。」

余力，英文名Wally，他和季時予曾待過同一支電競戰隊，兩人一起打了不少比賽。

「我們幾個兄弟今晚聚餐，結果氣氛太嗨，連續拚了幾輪，沒想到酒量最好的傢伙也撐不住……」余力嘆氣，「其他人我都安頓好了，就剩他一個。聽說你們爸媽幾年前移民到美國了，我也不清楚他這次回來打算住哪，只好逼他解鎖手機看看能聯絡誰，結果妳是唯一的緊急聯絡人……」

季時予居然喝醉了？我凝住目光，指尖不自覺蜷了蜷。那群男人到底灌了他多少？

「幸好聚餐地點就在飯店，所以我先開了間房讓他休息，但就這樣離開，又有點不放心……」

「所以？」

「妳能來一趟嗎？」余力終於說出重點。

我抿著唇，沒有回話。

他似乎覺得有些尷尬，想緩解氣氛，於是又笑道：「但如果妳不方便的話，沒關係，我可以請……」

「房號？」我打斷他。

「一〇二六。」

「知道了。」

掛掉電話後，我拿起披在椅背上的外套，向李采璇交代了幾句後便出門。

我依照余力提供的資訊，抵達飯店，來到季時予所住的樓層。

走出電梯，廊上寂靜無聲，柔和的金屬燈光灑落在厚實的地毯上。

我循著標示前進，最後停在一〇二六號房前，按下門鈴。

不久，房門應聲而開，季時予站在房內，身上的襯衫已出現皺褶，領口微敞，卸下了平日那份矜持高貴。此刻的他，眼裡醉意流竄，難掩微醺的迷離。

「你還好嗎？」

他瞇著眼，唇角微揚，笑中藏了一抹晦澀難辨的情緒，略啞的嗓音比往常更加低沉：「進來。」語畢，他轉身，搖搖晃晃地朝浴室走去。

我愣了片刻，邁步跟上。

浴室裡，燈光昏黃、水氣彌漫。浴缸的水龍頭未關，而季時予就這麼坐了進去，任由水流緩緩淹過半身。他屈腿仰靠在浴缸邊，喉結隨著呼吸起伏，溼透的襯衫緊貼肌膚，勾勒出精實的線條，水珠順著衣領滑落，隱沒於深色衣料之中。

我走近，伸手關水，蹲在他身旁，輕推他的肩，「季時予，你還好嗎？」

無處安放的視線，不小心落在那半開領口下若隱若現的胸肌，我的心跳頓時不受控制地亂了節奏。

我抬起頭，只見季時予凝望著我，暖光映入他的眼底，泛著淡淡的琥珀色澤。眸色流轉的某一瞬間，我竟覺得他的眼神深沉得不似醉酒之人，但在我細想之前，他便猛然扣住我的後腦，強勢的吻隨之覆上。

我驚愕地瞪大雙眼，伸手將他推開。

「你……」

「別躲……」季時予低聲呢喃，輕柔得猶如誘哄。

體內，彷彿有什麼東西被引燃。

「季時予，你……你喝醉了。」我屏住紊亂的呼吸，聲音止不住地顫抖。

他充耳未聞，溫熱的指尖沿著我的手臂滑落，在肌膚上掀起陣陣酥麻顫慄。水面微微晃動，曖昧氣息充盈室內，惹得心跳越發失序。

我回過神，掙脫他的掌控，踉蹌起身，試圖逃離這令人窒息的空間，卻在邁步之前，被他一把抱住，跌進他溫熱的懷抱。

我被困於牆面與季時予之間，動彈不得。他微微偏首，目光掠過我的唇瓣，指腹沿嘴角緩緩描摹，像在試探，又像在刻劃著什麼專屬於他的痕跡。

他吻住我的唇，這次不再帶著急切的慾望，而是隱含溫柔、緩慢且深沉，教人無處可逃，不知不覺地陷落。

「唔……」我扭頭想閃躲，卻被他修長的指掌扣住下顎，那沒能出口的拒絕，也被一舉吞沒。

我的所有掙扎，皆似落在棉絮裡，一點用也沒有，只能任憑季時予的舌尖輕撬齒關，遞來灼熱氣息，在每一次的呼吸間肆虐。

「等、等等……」我顫聲開口，話語因那動情的吻而落得零散。

他的指尖如蜻蜓點水般沿鎖骨而下，緩慢地順著肌理撫弄我的脊背，動作輕柔，卻帶著不容抵抗的強勢。

季時予這個名字，盤踞了我的青春歲月。我們是彼此最熟悉的存在。

從決定叫他「哥哥」那日起，我便明白我們之間存在著一條清晰的界線，而我也從未踰越。

可此刻他擁抱的溫度、低語裡的占有欲，都在撕扯我搖搖欲墜的理智。濃烈的情慾如拍打暗礁的狂潮，覆滅所有逃生的出口。

我們一路纏綿至浴室外，溼透的衣物被一件一件地拋落。他的吻像在雕琢稀世珍品，既深情又執著。

我仰頭回應他的索吻，腦中混亂不堪，全身被一股難以言喻的快感纏繞。

季時予將我抱起，壓進沙發椅內。裸露的背脊貼著冰涼的皮革，與他游移在我肌膚上，溫熱的掌心形成強烈對比。

「別拒絕我。」他的嗓音低啞，指尖摩娑著我的耳廓，勾起輕顫。

最後一層遮蔽被褪去的同時，他滾燙的唇舌掠過我敏感的鎖骨，於心口停駐，耐心卻磨人地等待我的身體爲他綻放。

至此，我再也無法分辨，究竟是季時予主導了這場迷亂，抑或是我在不自覺間，甘願與他共赴沉淪。

情緒翻湧之際，我低聲輕喚：「季時予……」

他湊近我的耳畔，喉間似是下意識地發出聲音：「嗯？」

我靠向他的肩頭，彷彿唯有這樣，才能從中覓得一絲喘息的機會，卻也從此難以回頭……

手機突然震動，打斷了恍惚的思緒，我擦乾手，接起電話，「喂？」

「徐苒，妳昨晚跑去哪裡了？訊息不回，電話也不接，該不會是……」李采璇揶揄道：「跟哪個野男人共度春宵了吧？」說完，她似是覺得方才的推論很荒謬，一連笑了幾聲。

「嗯。」

「啊？」她沉默幾秒後，才震驚又興奮地追問：「等等！徐苒，妳剛剛是回我『嗯』嗎？」

我背靠洗手檯，指尖在瓷面上輕敲。別說是她，連我自己都感到意外。

電話那端靜了下來，似乎正在努力消化這突如其來的消息。我下意識地將手機拿遠，果然，下一秒——

「哇！徐苒，妳真的假的？」李采璇激動地大喊，她那高音頻的聲音，簡直能震破耳膜，「太刺激了吧！快跟我仔細說說！」

「這種事有什麼好說的？」

「若換成別人，當然沒什麼，但妳可是徐苒欸！」

她說得沒錯，徐苒不會做這種事，更遑論對象還是季時予。

向來理性、被動，生活如同套公式般循著函數線前行的我，與男人發生了一夜情——不只李采璇感到訝異，就連我這個當事者都不敢相信。

「究竟是誰這麼幸運？他帥嗎？」

我沉默。

李采璇輕笑一聲，又問：「對方醒了沒？」

「不知道，我現在一個人在浴室。」外頭悄無聲息的，毫無動靜。

我暗自慶幸季時予睡得很熟，他最好在我離開前都別醒，以免我們兩人落了個難以收拾的下場。

「是不知道，還是不想告訴我呀？」她拉長尾音，哀怨道：「唉……多年的好姐妹，終究還是被辜負了，哭哭……」

「別演了。」我不留情面地潑冷水。

「算了啦，但凡妳不想講的事，嘴巴閉得比蚌殼還緊，我就不自討沒趣，白費口舌了。」

罷休得如此之快？真不像她。

「妳這是仍醒著，還是剛睡醒？」我問。

按理，通常這個時候，李采璇都處於熟睡狀態。

「再過幾天就開學了，我得抓住暑假的尾巴，好好享受熬夜追劇的快樂生活！」

這般隨興到不講邏輯的發言，果然有她的風格。「那妳繼續看吧。」

「退房的時候記得檢查床單，如果有血跡最好還是稍微清理一下。」她貼心地提醒。

聞言，我垂下眼簾，睫毛輕顫，須臾，緩緩開口：「不用擔心……以前摔車時就破了。」

高一那年，有回騎腳踏車騎得太快，摔了個大跤，不僅制服磨損，手肘和膝蓋也布滿大大小小的瘀血和擦傷，百褶裙上還滲著些許血跡。

季時予站在家門前，見我狼狽地牽著車、步履蹣跚，便快步走了過來，什麼也沒說，只是替我鎖好車，接著直接將我打橫抱起，帶進屋內。

他在客廳的沙發邊把我放下，並脫掉外套，仔細地平鋪於椅墊上，「是月經嗎？」語氣自然，卻相當直接。

我迎向他的視線，坦然地搖頭，「不是。」

季時予幾不可察地蹙了下眉，未再多言，起身從電視櫃的抽屜裡取出藥箱，蹲在我的面前替我處理傷口。

他的動作仔細又熟練，可即便他已克制力道，當酒精棉片掠過傷口時，我仍感覺刺痛順著神經上竄，逼得眼眶泛淚。

「怎麼摔的？」

「回家路上騎太快，沒注意到地面有坑洞。」

季時予斜睨我一眼，平淡的語氣帶著些許命令的意味：「再有一次，以後就不許騎車了。」

我看不清他臉上的情緒，只能從沉穩的聲音裡，揣測他是否在生氣。

空氣裡浮動著陣陣壓迫感，若有旁人在場，恐怕會覺得氣氛緊繃，而我卻早就習以爲常。

季時予小心翼翼地替我清理傷口、上藥、包紮，將沒說出口的關心，藏在細節裡。我望著他，忽然興起一個莫名的念頭——如果換成別的女生，會不會爲這樣的他心動呢？

在季時予替我貼上ＯＫ繃時，我的思緒仍在飄蕩，甚至開始產生一些亂七八糟的想法。

「季時予……」我猶豫地啟唇。

他抬眼看我，「嗯？」

「男人會介意那片膜嗎？」

季時予停下整理藥箱的動作，望著我的眼神閃過一抹複雜，似乎在斟酌該如何回答。沉默片刻後，他緩緩開口：「徐苒，我也是個男人。」

「所以我才問你。」我明白這種問題對他來說過於直接，即便我們再親近，也不是什麼都能討論，但……

「在男人之前，你是哥哥。」

「喂？徐苒？妳還在嗎？」

手機裡傳來李采璇的聲音，把我從回憶裡拉了回來。「……嗯？」

她說昨晚在我家待到午夜十二點，由於遲遲等不到我的訊息，便自行離開。

我爲突然失聯向她道歉。

結束通話後，我整理好儀容，走出浴室。

床上的人呼吸規律，像是仍沉睡在昨夜的餘韻裡。

我走到玄關後回首一看，目光掃過凌亂的床鋪，幾幕煽情的畫面倏地浮現，使心頭猛然一震。

我不敢多停留，彎身拾起掉落的包，按下門把，將房內所發生的一切拋卻，猶如一場無以寄存的舊夢。

✦

「徐、苒，快點從實招來，妳到底跟哪個男人滾床單了？」

一加入三方視訊通話，陳品亦的質問便劈頭蓋臉地砸了過來。

螢幕分割畫面裡，李呆璇悠哉地敷著面膜，只露出一雙狡黠的眼睛；顯然她在先前的那通電話裡沒有窮追猛打，是因爲早已打定主意要與陳品亦聯手逼供。

我抿了抿唇，暗自後悔方才自投羅網，點進這場「審問大會」。

「你們有做安全措施嗎？」陳品亦追問。

「嗳，徐苒是妳這個戀愛腦嗎？」李呆璇壓著嘴角浮起的面膜，漫不經心地說，「前陣子妳不是說那個誰，在社群剛認識沒幾天，就北上找妳，結果不但沒訂飯店房間，還說要去住妳家，事前保證不會怎樣，結果咧？半夜兩個人摸來摸去，乾柴烈火也就罷了，妳連套都能幫他戴反，笑死我了！哈哈哈——」

「李、呆、璇！」陳品亦氣得直跳腳，「都說幾次了，他不是『那個誰』，人家有名字，叫黃明修！而且我們已經在交往了！」

「好啦，隨便妳。」

「妳能不能尊重一下妳好姐妹的男人！」

「總之，」李采璇擺了擺手，「徐苒這麼理性，怎麼可能……」

我趁她們拌嘴的間隙，淡聲插話：「沒有。」

李采璇一怔，而未能跟上的陳品亦吶吶開口：「什、什麼沒有？」

「避孕。」

空氣頓時凝結。

「……妳不是吧？」陳品亦蹙眉，「如果懷孕怎麼辦？還是妳事後有……」

「月經剛走，應該沒事。」即便仍有疑慮，我也決定先抱持著平常心。

「應該？」她語調拔高，「妳是在拿人生賭概率嗎？」

李采璇也收起笑鬧，語氣正經了些：「妳不擔心對方有問題？萬一他其實……」

「不會。」我不假思索地道。

這聲篤定的回應，令李采璇眼睛一亮，「喔？這麼肯定？那就是熟人嘍？」

我咬了咬唇，懊惱自己話說得太快。

「那天是誰打給妳的？」她旁敲側擊。

「難道是我們認識的人？」陳品亦睜大雙眼。

李采璇若有所思地分析：「可是妳身邊的異性，除了……」

我屏住呼吸，生怕再讓她們抽絲剝繭下去會露出馬腳。情急之下，我靈機一動，「是學校的，還來不及介紹給妳們。」

她倆同時瞇起眼，一臉「妳在說謊」的表情。

李采璇當即開始盤問對方的姓名、身高、外貌以及科系，連珠炮似的問題教人招架不住。幸好我突然想起之前在學術交流會上認識的大四學長林育誠，趕緊把他搬出來救火。

陳品亦聽完，點點頭，而李采璇雖半信半疑，但暫時也沒有反駁。

「妳之前不是對這種事一點興趣也沒有嗎？那現在有了初體驗後，感覺怎麼樣？」李采璇問。

我扯了下嘴角，開始懷疑自己是不是誤交損友。

「別那麼小氣嘛，分享一下啊！」李采璇揶揄，「對方技術怎麼樣？」

我頓了頓，覺得這問題根本無法回答。「又沒比較過，我怎麼知道？」畢竟我也搞不懂評定的標準是什麼……

「那……過程順利嗎？」陳品亦試圖委婉，卻仍沒藏住她興致勃勃的八卦魂。

我再次沉默。

李采璇撕下面膜，邊拍著臉頰邊問：「整體而言舒服嗎？」

見我蹙眉不語，她翻了個大白眼，「不會吧，妳連舒不舒服都感覺不出來？」

若論「適應度」的話，是比我原先以爲的順利許多。

我偏頭，抬手揉了揉後頸，低聲回應：「嗯。」

李采璇立刻挑眉，樂得開懷，「『嗯』是……舒服的意思嘍？」

「妳給我差不多一點。」我面色一沉。

她咧嘴笑開，指著畫面裡的我，「吼！徐苒，妳臉紅了！」

陳品亦笑得前俯後仰，畫面一度晃到模糊。

過了一會兒，好不容易止笑的李采璇抹了把眼角，「最後一個問題——你們做了幾次？」

我耐著性子回想，不太確定地說：「嗯……三次？」

畫面像是被按下了暫停鍵，她們愣了好幾秒後，異口同聲地驚呼——「三次！」

李采璇驚訝地道：「他肯定很有經驗吧！」

經驗豐富嗎？我不清楚。季時予沒和我說過他有女朋友……除非，他有固定床伴？

成年男性有生理需求很正常，我懂，但不知怎的，這念頭一冒出來，我忽然感覺有點彆扭。

待我回過神時，李采璇和陳品亦已經擠在鏡頭前，眼裡閃著興味盎然的光。

「徐苒，所以——」李采璇拖長尾音，指尖在鏡頭前繞圈圈，還挑了兩下眉，「只是單純的一夜情？不考慮發展看看嗎？」

「我覺得可以欸！重點是體力好，超加分的！」陳品亦興奮地說。

我心一驚，切斷通話，把手機扔到一旁。

發展？開什麼玩笑？

她們要是知道我一夜情的對象根本不是什麼學長，而是我名義上的哥哥季時予，還能笑得那麼沒良心嗎？

況且，這種事發生一次就夠荒唐了，我可沒興趣把它搞得更加複雜。

我嘆了口氣，將垂落的瀏海撥至耳後，屈起手肘抵著膝蓋，反掌掩唇。

須臾之間，竟覺得這一切既荒謬，又莫名令人……想笑。

我們三個是高中同班同學。

陳品亦為人親切，性格溫和，是那種相處起來毫無壓力的人。她既有耐心，又有責任感，做事謹慎，考慮周全，可一談起戀愛，便會立刻化身戀愛腦。每次分手，她都哭得像世界末日似的撕心裂肺。幸好，她會為難過設下一個期限，不讓情緒無止境地墜落。

李采璇則恰巧相反，巴掌臉搭配一頭俐落短髮，襯得五官精緻深邃，她性格爽朗，說話直來直往，時常神經大條得教人哭笑不得。

她秉持著「合則來，不合則去」的交往哲學，換男朋友的速度比換手機殼還快。既不屈就，也不曾為誰停留。

生活上，李采璇屬於完全無法自理的類型。預約餐廳時，經常訂錯日期，出門在外，也常常忘東忘西，連搭捷運都會走錯月臺。

陳品亦常笑說，哪天李采璇當了媽媽，搞不好連嬰兒都會忘在公車站。

至於我嘛……慢熱又不擅交際，和班上同學僅維持著泛泛之交。求學階段中，唯有陳品亦和李采璇不擔心自討沒趣，總會主動與我攀談。

我曾以爲，我們的關係會止步於「普通同學」，想著，也許高中畢業後，我們便會忙於各自的大學生活，漸行漸遠，最後淪爲通訊軟體或社群平臺的「朋友列表」裡，一個零互動、不具任何意義的ＩＤ。

但最後，事情卻與我原先料想的，截然不同。高二那年，爸爸因過勞猝逝。那場變故來得猝不及防，快得我還沒緩過神，一切就已塵埃落定。

爸爸是獨子，爺爺奶奶過世得早，家中親戚也屈指可數。

告別式上，媽媽與她的再婚對象陪著我，一同向前來弔唁的賓客鞠躬致意。她神色平靜，應對得宜，整場儀式籌辦下來，幾乎未見一絲悲傷。

這樣的她，令我感到格外陌生。

當年，爸媽在我將升國一的那個暑假，協議離婚。他們說會尊重我的選擇，問我要跟誰，於是，我選擇了爸爸。

媽媽離婚不久後便再婚，每個月都會在約定好的某幾天來接我，讓我和她的新家庭共度週末。

可儘管維持著聯繫，這些年來，我們母女間的關係仍無可避免地變得陌生。在不知不覺間，那份疏離成了一道無從跨越、難以修補的隔閡。

爸爸的遺體火化那日，天色灰濛，細雨紛落。

我站在靈車旁發呆，直到一隻溫暖的手扣住我的指尖，才恍然回神。

是季時予。

他握緊我的手，什麼話也沒說，只是撐著傘，陪我在雨中站了很久很久。

葬禮結束後，我回到與爸爸共同居住了十幾年的公寓，然而那熟悉的地方，卻再也無法爲我帶來任何歸屬感。

看著冷清的客廳、空無一人的主臥，一股難以忽視的孤寂感，自靈魂深處翻湧而出。我終於意識到，從今以後，我只剩自己了。

這個想法如影隨形，即使搬去與媽媽同住也無法驅散，甚至令我感到更加寂寞。

學校的老師和同學們，不是對我說「節哀順變」，就是投以憐憫的目光，一副想安慰卻不知從何開口的模樣。

唯有陳品亦和李采璇，一如往常地在我耳邊喋喋不休。

「欸妳們知道嗎？隔壁班的某某某，昨天在樓梯間偷哭耶，因爲女朋友劈腿！」

「今天關東煮特價，走啦，快去買！」

「李采璇！妳每次都偷吃我的巧克力，好歹買一個還給我吧？」

她們聊八卦、抱怨考試、拉我去福利社買零食，還逼我蹺掉無聊的社團活動，跟她們一起去電影院看鬼片，然後邊吐槽電影裡那些鬼怪特效與粗糙妝容，邊抱怨自以爲嚇人的無聊橋段有多拙劣。

幸而有她們的陪伴，我當時才沒被突如其來的生活巨變吞噬，甚至漸漸懂了何謂「眞正的友誼」。

雖然，因爲她們，我也遭遇了不少令人啼笑皆非的意外，且多半是拜李釆璇所賜。她在我們去外縣市旅遊時訂錯民宿、弄丟剛買好的電影票、把一起合買，要送人的生日禮物忘在捷運站的廁所……

最讓人印象深刻的，是大一那年，她突然在群組裡發出求救訊息。

「求求妳們了！妳們不來的話，我們系上人數不夠，場面會超尷尬的！」

「但我們不同學校，也不同科系耶。」我回覆。

李釆璇立刻傳送抱大腿貼圖，還三連發，「那不重要，重要的是妳們長得夠漂亮！」

陳品亦：「我剛失戀耶……」

「妳難道沒聽過，治療失戀最快的方法，就是進入下一段感情嗎？」

陳品亦：「妳這是在推好姐妹入火坑吧。」

李釆璇：「人不能只活在自己安逸的小圈圈裡，偶爾也該看看外面的花花草草啊，不然眼光會變狹隘的。況且，這次活動辦在網路評價頗高的餐廳，當作踩點也不錯嘛。」她接著補充：「再說了，就算妳不爲自己考慮，也要爲徐苒這個母胎單身著想吧，陪她一起去嘛！」

從頭到尾只說過一句話的我，直接被剝奪了拒絕的權利。

陳品亦：「小苒，妳……要去嗎？」

她都這樣說了，我還能說「不」嗎？

結果，那場聯誼爛得超乎想像。

參加的男生不是在吹噓自己的家境有多優渥，就是炫耀自己多受女生歡迎。酒過三巡，甚至有人開始滿嘴渾話。

「現場有沒有母胎單身的呀？我可以幫忙『開竅』喔，哈哈哈哈哈——」一名男生突然大聲嚷嚷。

陳品亦當場臭臉，而李采璇則是毫不留情地回嗆：「呵，同學，像你這樣的沙文豬，只適合當一輩子的光棍！」

被當眾嘲諷的男同學，瞬間氣得臉紅脖子粗，憤而離席。他拍桌起身發出的那聲巨響，令現場頓時陷入一陣尷尬。

我和陳品亦交換一個眼神，心照不宣，決定做稱職的背景板，待時間一到便立刻開溜。

降至冰點的氛圍，直到李采璇不慌不忙地帶出新話題，才逐漸恢復熱絡。她笑嘻嘻地問：「欸，你們男人是不是眞的都喜歡沒經驗的女生啊？」

「其實也不一定啦，」其中一人的眼神忽然發亮，開始解釋：「沒經驗的好處，就是能親自帶入門，調教成自己的理想型啊！」

李采璇轉頭看向我，挑眉笑道：「徐苒，聽見了沒？母胎單身在市場上還挺搶手的呢！」

陳品亦忍俊不禁，嘴角微微抽動。

我無語地盯著桌上的空酒杯，心裡只剩下一個念頭——這場鬧劇到底何時才會結束？

人生裡的荒謬時刻，總是來得猝不及防。荒謬歸荒謬，回頭想想，倒也並非一無所獲。

求學路途漫長，經歷過不同階段，我才逐漸明白，最懂你的人，往往不是朝夕相處的同學，而是那些「熟知你過去，卻不全然參與你現在」的朋友。

會計系的陳品亦，每逢大考便會爲成績焦慮。她不願在班上同學面前顯露不安，只能在我們的三人群組裡宣洩；新聞系的李采璇，總是和我們分享各種奇葩見聞，從教授、社團、曖昧對象，到她最新一場無疾而終的速食戀愛，幾乎沒一件正經的。

但我們心知，那是她自我調節的方式。

我們就讀不同學校、不同科系，卻還是會在名爲「色即是空」的群組裡，討論特殊的時事、戀愛話題，和對方交流想法、一起吐槽。

有些說出口才能稍微輕鬆一點的事，我們只會和彼此分享。

群組名稱是李采璇取的。她說：「沒談戀愛又怎樣？單身不代表人生缺了什麼。」

許多人都害怕「一個人」，可這一路的成長過程卻教會我——別畏懼寂寞，因爲孤獨，是人生的底色，是誰也無法逃避的命運。

關係再緊密的兩人，依舊是獨立的個體，終會在生命中的某個階段離散，所以，不要輕信海枯石爛的承諾，也別因爲失去了誰，感到難以存活。

有著這樣想法的我，或許過於冷漠了吧？

可正因如此，我才格外地珍惜、謝謝她們——願意來到這樣的我身邊。

✦

深夜，床頭櫃上的手機傳出幾聲震動的輕響，短促而清晰。

我翻身拿起手機，點開螢幕，通知欄上方的訊息立刻映入眼底。

「余力說那晚我喝醉，他請妳去飯店照顧我。但我醒來時，卻沒看到妳。」

「這幾天，妳不回訊息，是因爲我醉後酒品太差，惹妳生氣了嗎？」

我的視線停留在最後一則訊息上，指尖於螢幕邊緣滑動，片刻後，我輕輕吐出一口氣。

酒品太差？

倘若他指的是酒後亂性，而且對象還是他對外宣稱了多年的「妹妹」，那可不只是差，應該叫做混蛋才對。

可另一方面，事發當時，我既沒有明確拒絕，也未大力掙脫，說到底，自己並非完全無辜。

所以，談不上生氣，我只是不想讓自己再糾結於當晚的事。

我點開通訊軟體，看著這幾日，季時予陸續傳來的訊息。

「今天去PRECIOUS，幸運地又買到了草莓蛋糕，可惜妳不在家，還好密碼沒變，替妳放冰箱了。」

多年過去，經典款草莓蛋糕依然是PRECIOUS所有銷售品項中的精選商品，而對於他是否眞的是「幸運」買到，我不以爲然。

「廚房流理臺的水龍頭該換了，排水管也有滲漏，記得找時間請人來修。」

我怕麻煩，不常下廚，也不喜歡讓陌生人進家門，反正不影響生活，先緩緩吧，不急著換。

「這次回國，我打算定居一段時間。」

一段時間是多久？恐怕不過是候鳥遷徙罷了……

那一則又一則輕描淡寫的訊息，不斷提醒我，那天晚上發生的事，他全都不記得了。

這是我第一次，對季時予的關心感到不知所措，連「已讀」都得鼓起勇氣。

直到現在，當他終於提起那一晚，我才驀然發現，原來自己並非那麼無動於衷。

季時予不記得了，這本就在意料之內，可我的心底，卻總是冒出些干擾情緒的疑慮。

如果不是我呢？

這個念頭冷不防地冒了出來，令我下意識地皺眉。倘若那時我拒絕余力，或他找的是別人，那季時予也會……

我強迫自己停止這毫無意義的假設，將手機倒扣回床頭櫃上後，閉起眼，試著入眠。

正當我逐漸放空時，季時予曾說過的一句話，卻忽然於腦海中浮現——

「徐苒，一個值得妳付出真心的人，他唯一在乎的，是能不能擁有妳的心。」

那時的我只覺得矯情，甚至有些不屑；可現在，它卻深深嵌進我的思緒裡，揮之不去。

我搖搖頭，把被子往上拉了拉，對自己說：「徐苒，別再想了，睡覺！」

✦

開學第一天，我坐在階梯教室內，打開筆電瀏覽「自動機與形式語言」的相關資料。

這門大三必修課，全程使用英語教學，內容艱澀，課綱上還特地備註：上課不逐題解析，請同學自行研究。

我得多費些功夫準備，免得這學期的獎學金飛了。

不過，相較於這門燒腦的理論課，其他同學顯然更關心另一門名爲「計算機網路」的課程。

「欸，你們知道嗎？計網的教授換人了！」

「蛤？什麼時候的事？」

「聽說許教授上週出車禍，要休養一段時間，所以系上臨時找了一個新教授代課。」

「誰啊？」

「季時予。」

原本對他們的閒聊興致缺缺的我，乍聞被提及的名字時，手指一頓，滑著觸控板的手不自覺地停了下來。

「季時予？」某位同學皺起眉頭低喃，「這名字怎麼有點耳熟？」

「當然熟了，他就是電競圈的傳奇人物——Driv！」一名男同學掏出手機，指著螢幕上的APP圖示道：「他是《譽神》裡的菁英玩家，同時也是明星戰隊NBTB的王牌選手！」

《譽神》（英文名Summit of Renowned Gods，簡稱 SRG）是一款全球知名的多人線上戰鬥競技遊戲。這款遊戲以經典的MOBA（注1）對戰架構爲基礎，加入創新的玩法，其最大的亮點，便是能改變局勢的「神意降臨」機制。

這項機制深植於《譽神》的核心設定中，與裡頭的五大戰場緊密相連。遊戲中共有五個風格迥異的對戰地圖（注2），每張地圖各自存在著相對應的神祇，例如「雷霆神」棲息於裂界神殿、「暗影神」駐守於塔影禁城。

神祇的能力會在對戰中被隨機觸發，不僅有可能改變戰場的天氣與地形，還會影響角色的技能。這些變化無法預測，成爲整場比賽中最具挑戰性的變數。

此外，《譽神》還設定了「角色傳承」的系統機制，玩家可以根據戰況決定角色進化的方向，某些角色會在特定條件下「突破神性」，蛻變爲全新形態。像是「暗月狼王」這個角色，若於夜間地圖中累積足夠的戰鬥值，並取得必備道具，便能進化爲機動性高、適合近戰的「蒼狼獵手」。

《釁神》自上市以來始終長踞MOBA市場頂端，玩家年齡層從十二歲橫跨至六十歲，是款講求團隊合作、戰術與極限操作的經典遊戲巨作。

暑假前，系上有不少人都報名了《釁神》的校際盃大專組，還有學弟在校板上抱怨女友因他天天打遊戲而鬧分手，吵著要剪斷他的網路線。

「眞的假的？」另一名男同學激動地道，「我跟我哥到現在還是超崇拜他的！Driv當年可是國內最年輕的電競職業選手，十六歲即成爲戰隊的先發選手，而NBTB蟬聯三屆世界盃冠軍的這項輝煌紀錄，至今仍無其他戰隊能破！」

全球知名電競戰隊ＳＨ旗下的分部遍及歐美與亞洲，其中最具代表性的，正是亞洲分部的NBTB——None But The Brave，意爲「勇者無懼」，象徵隊伍爲贏得世界冠軍，將不畏任何艱辛與挑戰。

NBTB的主力成員包括，以穩定指揮與準確決策著稱的隊長Deen，擅長帶動節奏的Fiz，團隊最可靠後盾Wally，打法詭譎多變的Zephyrax，以及年紀最輕、憑藉過人天賦與精準預判，在戰術運用上展現靈活應變力的Driv。

---

注1：MOBA是「Multiplayer Online Battle Arena」（多人線上戰術競技遊戲）的簡稱。這類遊戲的基本架構，是將玩家分成兩隊對戰，勝利的條件爲攻破敵方的基地。

注2：「地圖」是指遊戲中進行對戰的場地。MOBA類遊戲的地圖，結構多爲對稱設計，通常劃分成三條主要道路，稱爲「路線」或「路」。

這支由五位大男孩所組成的菁英戰隊，每回出場，都牽動全球粉絲的目光及情緒，有在關注電競圈動向的玩家們，幾乎都聽過他們的名字。

即便後來隨著Driv退役，隊員們分道揚鑣，戰隊解散，但他們曾經攜手於《譽神》締造的傳奇，依然在無數玩家心中留有一席不可撼動的地位。

「不過說眞的，Driv那時明明才二十二歲，正值巔峰狀態，卻突然退役，還消失了一年多，眞的很奇怪欸。」

「對啊，後來還是被某實況主爆料才知道，原來他跑去美國讀書了。」

「蛤？認眞？」

「對。他十六歲就跳級拿到高中學歷，是因爲赴世界各地比賽才耽誤學業。退役後開始補學分，一路狂飆，幾年內便把碩、博拚完，並取得教授資格，根本非常人所及。」

「太扯了吧，Driv連讀書都這麼狂喔？」

「欸，你們眞的沒搞錯人嗎？」一名女同學語帶懷疑地問。

「不信？等計算機網路開課就知道啦！」

「哈哈哈，我比較好奇系上那群老古板教授們，在得知Driv成爲他們的新同事後，都有些什麼反應……」

女生聽得入迷，男生講得起勁，就連平時對八卦無感的同學，也忍不住過去湊熱鬧，整間教室瞬間沸騰了起來。

而我，依舊坐在原位，盯著筆電螢幕上的課程資料。沒人知道，我的心思早已不知飄向何處。

除了季時予突然失聯，近乎空白的那兩三年之外，他們口中那些關於Driv的往事，多數我早已知曉，甚至參與過他生命中不少重要的時刻。

但……是因爲最近心境起了變化嗎？

我不自覺地抿唇，視線落在筆電螢幕上，卻連標題都看不進去，那些文字全都失去了意義，只剩下模糊的光影在眼前晃動。

# 第二章　不是什麼人都能當「哥哥」

他理所當然地走進我的世界，猶如故事裡的所有鋪墊，都是為了指引我們相遇，並讓他，成為了我的哥哥。

我和季時予是「兄妹」，沒有血緣關係的那種。

媽媽與爸爸離婚後，便和季叔叔重新組建家庭，於是我和季時予，成爲了法律上的家人。

這段關係說來簡單，但對我和季時予而言，卻像畫下一條時而清晰、時而模糊的界線。

猶記得，第一次見到季時予，是在我九歲那年。

那天，媽媽向公司請了假，說要「偷偷」帶我去見一位叔叔。

「偷偷」這個詞格外重要，因爲當時她尚未和爸爸離婚，所以那位「叔叔」於她而言，仍是個「外面的男人」。

媽媽心情很好，顯然特地打扮過，精緻的妝容，微卷的中長髮垂落於肩。她身穿一條鵝黃色的洋裝，手持一盒昂貴的西點，舉止間盡現一股不言而喻的期待。

「小苒，等會兒要乖，別亂說話喔。」出門前，她特地叮囑我。

我順從地點頭，卻不太明白她爲何在高興的同時，又有些緊張。更令我疑惑的是，自有記憶以來，我幾乎不曾見她以這般模樣對待過爸爸。

計程車開進高級住宅區，停靠在一棟獨棟別墅前，一名年約四十多歲，氣質斯文的男人佇立於門口。

他容貌清俊，鼻梁上架著一副金絲框眼鏡，眼神溫和內斂，乍看之下，似乎是個值得信賴的長輩。

看見我跟在媽媽身邊的時候，他稍微愣了一下，但很快便露出親切的笑容，對我們說：「快進來吧。」

也許是直覺作祟，我突然鬆開了牽著媽媽的手，停在玄關，遲遲不肯再往裡走。

「小苒？」媽媽皺起眉頭。

她的視線令我遲疑，原本想後退的腳步也跟著頓住。

男人和她交換了一個眼神後，彎下身，語氣溫和地對我說：「小苒，妳好呀。抱歉，還沒向妳自我介紹，我是妳媽媽的朋友，妳可以叫我季叔叔。」

那聲「朋友」聽著微妙，可當時我仍年幼，唯憑直覺判斷，眼前的叔叔貌似不壞，只是不知道對爸爸來說，他能否稱得上是個好人。

我放下戒心，脫下布鞋，順手擺放整齊，跟著媽媽一同走進寬敞的客廳，意外地發現屋裡有一名坐在電腦桌前打遊戲的男孩。

他黑髮微長，額前的瀏海遮住眉骨，使五官少些銳氣，多了一絲慵懶和隨興。陽光自窗外照了進來，落在他偏白的膚色上，襯得他整個人乾淨透亮，臉蛋的輪廓更加深邃。

他穿著一件寬鬆的白色長袖運動服，衣襬的黑色滾邊與金屬拉鍊，讓這一身裝扮既休閒又不失質感。

男孩戴著耳罩式的無線耳機麥克風，修長的手指飛快地移動，敲擊著鍵盤。他專注地盯著螢幕，並未留意到我們的出現。

「時予，打聲招呼吧。」季叔叔開口道。

男孩的動作依然流暢，絲毫不受影響。趁著遊戲的空檔，他側過頭，輕抬眼皮，視線淡淡地掃過我們。

那雙微微上挑的清澈眼眸，帶著一絲不易察覺的疏離。

「稍等。」他的語氣不疾不徐，年少的聲線帶有與之不符的沉穩。

媽媽望了他一眼，小聲地問季叔叔：「他就是你之前提過的……」

「嗯，我兒子時予，電競職業隊的選手，這陣子放假，回來住幾天。」季叔叔的語氣雖然略帶無奈，卻也有著爲人父母那份藏不住的驕傲。

季時予。

那是我初次聽到他的名字。

十五歲，他就走上一條與同齡人截然不同的道路。每天一睜眼，便是一連串的高強度訓練，偶爾又必須回歸學生的角色，補足學業進度。

人人都道季時予是天才，卻無人知曉他在天賦之外，付出了多少努力。

季時予依然專心地操控著螢幕裡的角色，他的行動迅速果斷，打出的招式流暢且精準。

隊友們的聲音隱約自耳機裡傳出，似乎在激烈討論著什麼，然而季時予氣定神閒，嘴角揚起一抹自信的微笑，「穩住，等我繞後。」

語畢，他的角色驀地如疾風般切入敵陣，攻勢迅猛且招招致命，瞬間便帶走了對方幾顆人頭。

「哇！」我不禁驚呼。雖然當時的我看不太懂他在幹麼，但就是感覺他很厲害。

聞聲，季時予終於轉過頭來，與我四目相對。

少年眉眼間隱現一抹難以捉摸的情緒。半晌，他啟唇問：「妳是誰？」

見我微愣，季叔叔笑著代為回答：「她是徐苒啊，周阿姨的女兒。我之前給你看過她的照片。」

季時予望著我，淡淡地挑了下眉，收回視線後才出聲：「嗯，知道了。」他對著一旁的椅子抬了抬下巴，「要過來看嗎？」

我緩緩點頭，剛入座，便看見螢幕上，他隊友傳來的訊息。

「呦——季同學怎麼突然不說話？該不會是偷看A片，被跑去突擊檢查的女朋友給抓到了吧？」

季時予不動聲色，手中的角色仍在戰場上大殺四方。他笑了一聲，「哪來的女朋友？」半晌後，補充道：「是妹妹來了。」

他的口吻及態度非常自然，彷彿根本不需要時間適應我的出現，而那聲輕喚，又溫柔又好聽，讓那時的我不禁當場臉頰發熱。

「聚會」持續了一個下午，我坐在椅子上，不知不覺睡著了，直到身體一晃，差點從椅子上摔下來時，一隻手穩穩扶住了我。

迷迷糊糊間，我微微睜開眼，看見一張近在咫尺的俊顏。

季時予側著身，讓我能倚靠在他的肩膀，「妳睡吧，反正這局……」

我沒聽清他說了些什麼，僅依稀記得他的聲音彷彿有一種魔力，能讓我感到安心，再次沉沉睡去。

直到後來，我才偶然聽媽媽提起，那日我在季時予剛買的名牌衣服上，留下了一大片口水。

怪不得我醒來時，他好像很嫌棄我似的，第一時間便頭也不回地起身上樓。

當時的我，聽了媽媽的描述後，覺得十分丟臉，好一陣子不敢面對他，可後來想想，或許正是因爲那毫無形象的初相識，才讓我得以和季時予迅速拉近彼此間的距離。

他看過我所有的狼狽，卻未曾退卻，一直陪伴在我身邊。

✦

季時予是電競圈的傳奇，是粉絲們心中的神話。

「Driv」這個名字，曾橫掃《彎神》各大賽事排行榜，他的MVP獎盃早已堆滿訓練基地的獎盃櫃。

他在十六歲那年，正式踏入職業賽場，短短一年便站上世界冠軍的舞臺，因而被官方封為「最年輕的時空行者」。

在賽場上，他冷靜如獵手，精準且致命。他走的每一步皆經過縝密計算，能在關鍵時刻給對手最後一擊，或為團隊爭取逆轉的契機。

因為出色的表現，他獲得了不少忠實粉絲，那群粉絲經常守在訓練基地前，只為見他一面，替他加油打氣。

偶爾，季時予也會在社群平臺上分享日常瑣事，他隨手打一句「今天天氣不錯」，都能在短短幾分鐘內，被轉發破萬次。

季時予既不像某些高冷型選手，刻意營造神祕魅力，也不似熱衷於迎合粉絲的偶像，總是表現出親民的一面。

接受訪談時，他雖然話不多，卻會適時給予正面回應，攝影師們若欲加拍畫面或照片，也願意在合理範圍內配合；見面會上，他會微笑傾聽粉絲們說話，即便現場失控導致活動延誤，也能巧妙地化解問題。

然而這樣的他，並非誰都能靠近。

追隨季時予多年的粉絲都知道——他的隨和，是有邊界的。

他能自在地與人交談，卻從不允許任何人跨越那條無形的界線，干涉或參與他的私人生活。

他與誰都相處得不錯，卻鮮少有人能眞正走入他的內心世界。

在他心中，親人、朋友、愛人與其他人，每段關係都有其固定的位置與優先順序。

他懂得照顧人，也不吝於付出，卻總是習慣維持著一段剛好的距離。也因此，我從不揣測自己在季時予心中的位置。

無論他是否眞心將我視爲「妹妹」，至少這些年，他始終在我生命中扮演著哥哥的角色，似旁觀者般，靜靜地給予我恰到好處的關懷及溫柔。

一如那年盛夏，他在公園裡爲我推起的鞦韆……

在我小學畢業那年的暑假，爸媽正式離婚了。

這並非突如其來的決定，而是一筆早已安排好的句點。

比起「離婚」本身，更令我震驚的，是那位溫文儒雅的季叔叔，竟眞的是媽媽的外遇對象，而且這段關係開始的時間，比我初見他那年還要早得多。

媽媽選擇和爸爸分開，是因爲有了新的歸屬，而爸爸，是最後一個知道眞相的人。

切。

「拋棄」這個詞太過殘忍，但當時的我，還無法用更成熟的角度去理解這一

我決定留在爸爸身邊，媽媽沒有反對，甚至並未費心說服我和她一起離開。這讓我覺得爸爸更加可憐。

他努力工作、賺錢，只爲讓我和媽媽過得更好，豈料，到頭來卻一無所有。

那天，媽媽收拾完行李，在等計程車時，才終於帶著一絲猶疑問：「小苒……妳確定不跟我走嗎？」

我赤足站在玄關，沒有答覆，只是回頭將視線投向客廳。

爸爸坐在沙發上抽菸，繚繞的煙霧模糊了那張略顯滄桑的面容。

在此之前，我從未見過爸爸抽菸。

媽媽曾說，爸爸知道她懷孕後，雖然沒有表現出她預期中的喜悅，卻在某個日子裡，不聲不響地戒了菸。

而今，我望著他吞雲吐霧的模樣，一切似乎盡在不言中。

我的沉默以對，間接地給出了答案。

媽媽長嘆一口氣後點點頭，拖著行李走出大門。

門闔上的瞬間，屋內驟然寂靜，彷彿整個空間被掏空，僅剩久久不散的菸味，在空氣中緩緩蔓延，織成一張令人窒息的網。

當晚，爸爸在餐桌上放了兩百元，叮囑我自己買晚餐後，便出了門。

我坐在客廳發呆，直到天色漸暗，才回過神來。

我拿著一張百元鈔票去便利商店，買了一袋兩入的白吐司，卻在返家途中，將大部分都餵給了巷口那隻橘色流浪貓。

牠不瘦，肚子圓滾滾的，看起來過得很好。

起初，我只是好奇牠餓不餓，於是撕了一條吐司邊給牠，沒想到撕著撕著，整袋白吐司便在不知不覺中被牠吃完了。

行經渺無聲息的公園，陪伴我的，只有幾盞昏黃路燈，與夏日蟬鳴。

我一時興起，坐上鞦韆，兩手抓住兩側的繩索，往後退到底，雙腳一蹬，緩緩地來回擺動，放逐思緒，發了會兒呆。

不久，一陣細碎的腳步聲由遠而近地傳來。

「找到妳了。」

一雙黑色運動鞋闖入我的視線範圍，我驀地抬頭，只見季時予站在我面前。

他身穿戰隊訓練服，肩上掛著耳機，亮起的手機螢幕還停留在導航介面。

「你怎麼……」

季時予舉起手機晃了晃，道：「周阿姨說，她知道妳不會跟她走，但還是不太放心，於是晚上打了幾通電話回家，也打了妳的手機，但都沒人接。她怕妳亂跑會有危險，所以問我有沒有和妳聯絡。」

鞦韆緩緩停下，我擰眉道：「新的一輪賽事不是快開始了嗎？你應該在進行封閉訓練才對啊。」

媽媽也眞是的，就算和爸爸聯絡會尷尬，也不應該麻煩季時予。

「已經訓練好幾天了，累了，就當出來喘口氣。」季時予轉動脖子，抬手按了幾下肩膀。

「你怎麼知道我在這裡？」

「妳不是說過，心情不好時會盪鞦韆嗎？」

他的答案，竟是從我過去隨口一說的話推測而來，這讓我感到有些訝異。

自從有了那次初見，媽媽便經常帶我去拜訪季叔叔，而這也導致我偶爾會碰上自訓練基地返家的季時予。

大人們忙著談情說愛，我則安靜地在一旁寫作業、複習功課，或看他打遊戲。

有時，季時予還會充當我的家教。

小學的課業不重，我向來是年級第一，但在他的指導下，我學會了如何抓重點，讀起書來也變得更有效率。

我性格慢熱，話不多，除了日常寒暄之外，我幾乎沒說過什麼值得季時予記在心上的事。至少我是這麼認爲的。

孰料，他竟連我某次段考數學沒拿滿分，心情不好，跑來公園盪鞦韆這種小事都記得……

季時予繞至我的後方，輕輕推動鞦韆，「怎麼不跟妳媽走？」他的語氣淡然，彷彿只是忽然好奇。

「季時予，若換成是你，你會選誰？」

晚風拂面，帶來些許涼意。鞦韆在他的推動下，低低搖晃著。

他沉默了一會兒後，才緩緩開口：「妳覺得，是妳媽的錯嗎？」

我無法確定，我只知道，離婚後，媽媽身邊還有季叔叔，但爸爸除卻工作，就只剩我了……

季時予停下動作，輕聲笑說：「我媽也是這樣。」

我微愣，看著慢慢走到我面前的他，他修長的手指轉著一根剛從地上撿起的樹枝，神色平靜，彷彿不過隨口提了一件無關緊要的小事。

「我媽跟我爸結婚，生下我不久後，就愛上了別的女人。」他說。

我不自覺地握緊鞦韆的繩索。

「我爸說，他沒有責怪她，也並未挽留。他只擔心當時的我還年幼，需要媽媽的照顧，也不確定自己有沒有辦法獨自撫養我。但想了幾天，他仍決定簽字離婚，成全她們。」

「那他……難過嗎？」

季時予聳了聳肩，輕嘆：「或許吧，但又如何呢？」

「原來我們的爸爸，在某種程度上，一樣可憐。」

「可憐嗎？」他輕聲低喃。

「難道不是嗎？」我皺起眉，「對於在婚姻中沒做錯的人而言，這樣的結局本來就不公平。」

季時予瞅著我的眼神似深潭，又像未起波瀾的水面。

「或許的確不公平，但若是站在她的角度，想和自己喜歡的人在一起，有錯嗎？」

這一席話，吹開了包裹著情緒的薄霧，真實得刺痛人心。

「我爸爸，現在在妳眼裡，也變成一個壞人了吧？」季時予淡淡地揚起一抹冷笑，「當初是爲什麼而離婚的，現在卻做出同樣的事，介入了別人的婚姻。」

我垂下眼，踢了踢地面，沒有作聲。

「但……倘若那樣的情感，是能夠控制的，那便不是愛情了。」

他說的話也許有道理，可當下的我，卻無法接受。

「不過，大人們的事，其實都與我們無關。」季時予打破凝滯的氛圍，彎腰揉了揉我的髮頂，語氣柔和，「徐苒，妳還小，不需要急著去理解這些事。」

「那你呢？」我不服氣地問。

他也不過比我大了幾歲，眞的能比我更早想通嗎？

季時予挑了下眉，似乎沒聽懂我的意思。

「你知道這些事後，又是花了多久時間才理解？」

他嘴角頓了頓，眼神漫過一抹深意，隨即恢復輕鬆的語氣道：「我啊……剛好比妳聰明那麼一點點。」

「那你和你的媽媽，還會見面嗎？」

相較於我小心翼翼的發問，季時予回答得毫不猶豫，「沒有。我很忙，難得有空，只夠留給重要的人。」

「但你今天還是來找我了。」

季時予勾起嘴角，語調含笑：「可能，妳也變成我在意的人了吧。」

「……為什麼？」

他舌尖輕頂腮幫子，沉吟片刻後失笑，「照妳的邏輯，大概會認為我是在同情妳。」

「難道不是嗎？」

「不是。」季時予蹲下身，雙手握住吊著鞦韆椅的繩索，抬頭望向我，語氣平和卻認真：「我只是覺得，既然無法改變現況，至少我可以為妳做些什麼，好讓我們都能過得輕鬆、快樂一點。」

「聽起來……只是換個說法的愧疚而已。」

他搖頭，眼神澄明，「我從沒因為我爸間接傷害了妳，而把彌補妳當成自己的責任。」

「那本來就和你沒什麼關係……」

「既無愧疚，那也談不上什麼同情，不是嗎？」

我垂下眼思索，默默接受他的說法後，又忍不住開口：「……像我這個年紀的孩子，面對父母離婚，是不是應該會難過？或是感到生氣？」

「每個人面對這種事的方式都不同。有人悲傷，有人憤怒，也有人安靜地接受，彷彿怎樣都無所謂。」季時予停頓了一下，嗓音更為低沉、溫柔地道：「但那並不代表他不會受傷。」

說完，他站起身，拍了拍褲子上的灰塵，「不早了，我送妳回家。」

多年以後我才明白，季時予那天說的話，不僅是說給我聽的，也是在說給過去的自己聽。

年少時的他，或許也曾經在某個角落，努力消化大人世界裡的複雜與殘酷，然後用自己的方式，慢慢地接納、釋懷。

他早已明白，有些看似出於善意的選擇，終究會帶來某程度的傷害，就像深愛著一個人時，不小心交付的刀刃。

六年的年齡差，讓季時予比我更早看懂這世界的模樣。

面對我的幼稚與懵懂，他從未顯露出半分不耐，反而一向寬容，甚至輕聲對我說——「徐苒，有我在，妳不用急著長大。」

✦

媽媽與季叔叔同居不久後，便再婚了。

她仍維持著每月固定的探視安排——在第二週和第四週的星期五接我放學，與我共度短暫的週末時光，星期一早晨再送我到學校。

這樣的模式持續將近兩年。表面上看來，是在努力維繫感情，但對我而言，一切早已變質，每一次的相見，都成了責任與義務的履行。

起初，媽媽顧慮我的感受，會帶我去飯店過夜。

倒不是我討厭季叔叔，而是每次站在他家門前，要喊出那聲「我回來了」時，總令我感到渾身不自在。

這樣的相處模式維持了一段時間，直到某天，我在一場無聊至極的賭局裡輸給了季時予。

那是我第一次，見識到他那副溫和外表下，隱藏的腹黑與心計。

那天是週五，我背著書包，手裡拎著行李，剛走出校門，便被一陣喧鬧聲震得耳膜發疼。

學生們興奮地圍成一圈，有人大聲尖叫，有人偷偷錄影拍照，甚至連路人也被吸引，駐足觀望，把校門口擠得水洩不通。

我一向不愛湊熱鬧，原本想繞道離開，卻在無意間瞥見人群中，那兩道引發騷動的身影。

余力戴著一頂低調的黑色鴨舌帽，身穿寬鬆的大學T與運動長褲，渾身散發一股隨興休閒的氣質。反觀一旁的季時予，直接穿著NBTB的制服，高調地站在校門口。

我能一眼認出余力，是因為曾經看過他的照片。

去年，NBTB在亞洲區域賽中奪冠，官方釋出一張團體照，而那張照片在校園論壇上掀起一陣旋風。

我們班的班長，對季時予和余力情有獨鍾，特地把那張合照裁成雙人版本，設為通訊軟體的頭貼，還將顯示在個人頁面上的狀態消息改為「Driv and Wally」。

出於好奇，我去查了一下，才發現Wally不僅是NBTB的明星輔助選手（注3），甚至擁有「最強行走金鐘罩」這樣的稱號。

儘管頑皮又愛對學生們頻送秋波的余力已夠惹眼，仍不及季時予隨意站在一旁，就自帶光芒的存在感。

他身上的戰隊制服是黑金配色，胸口繡著NBTB的隊徽，在陽光下閃著低調的金屬光澤，從布料、剪裁到細節的設計，無一不透著高級感。這樣的制服穿在他身上，將他菁英的形象襯托得更加鮮明。

不過，最具殺傷力的，仍是那張臉。

「這種美貌當電競選手太可惜了吧！」

「Driv本人好帥……臉超小，皮膚又好，重點是他好高！」

「好想問他們能不能合照！」

四周的討論聲不斷，我低下頭，假裝不認識他們，打算悄悄繞過這片人潮。

此時，幾名學長姐的談話內容，令我心頭一沉，一股不祥的預感瞬間浮現。

「他們應該是來我們學校找人的吧？」

「誰這麼有面子，能讓NBTB的兩位明星選手親自過來？」

「說不定是在拍實境節目之類的？」

一名制服袖口繡著三條槓的學姐鼓起勇氣，上前問道：「請問……你們是在等

注3：輔助選手在比賽中主要負責保護隊友、協助團隊行動，並幫助團隊穩定節奏。

人嗎？」

余力聽了，微微挑眉，唇角揚起一抹調皮笑意，不疾不徐地反問：「妳覺得呢？」

現場氣氛頓時變得更加沸騰，而我只覺得一股寒意順著脊背竄了上來。

以目前的狀況來看，最佳的應對方式應該是轉身逃走，但偏偏，我的雙腳像是被釘死在地板上，動彈不得。

然後，最可怕的事發生了。

季時予發現了我，他深不可測的目光筆直地朝我投來，唇角勾起一抹輕淺卻致命的微笑。

「徐苒來了。」他說。

杵在原地的我，立刻感受到來自四面八方、如探照燈般集中過來的視線。原本還在竊竊私語的同學們，這下全都安靜下來，驚訝地看著我，甚至有人忍不住倒抽一口氣。

「她是誰？」

「天啊，眞的是我們學校的？」

「眞的假的？她認識季時予？」

「不只是認識吧……你剛剛聽到他叫她的語氣沒？感覺超熟的！」

如果可以，我現在就想挖個洞，把自己埋進去，或者……假裝沒聽見？

我深吸一口氣，在心裡爲自己打氣，準備偷偷地往反方向移動時，季時予卻比我快一步，一把握住我的手腕。

「想去哪？」他低聲一笑，輕柔的語調裡，隱隱帶著不容違抗的強勢。

我掙扎了一下，發現無濟於事，只好壓低聲音抗議：「季時予，你放開。」

「怎麼？我不能來接自己的妹妹嗎？」

……這哪裡是接人，根本是來找碴的吧！

周圍的人在短暫的靜默後，紛紛爆出驚呼——

「哥哥？」

「眞的假的？親哥嗎？」

「怎麼可能？長得一點都不像欸！」

我按捺著心頭的煩躁，深吸一口氣，卻還是忍不住惱火道：「你們這樣會造成我的困擾。」

余力看熱鬧不嫌事大，用手肘撞了撞季時予，笑得相當欠揍，「我就說你穿戰隊制服太高調了吧？現在搞不好得辦場簽名會，才安撫得了現場的粉絲。」

季時予淡淡地睨他一眼，明顯懶得回應。

余力聳聳肩，一臉遺憾，「可惜，福利泡湯了。」

我閉了閉眼，克制住想翻白眼的衝動。

季時予看出我的不悅，開口解釋：「是周阿姨讓我來的。原本訂的飯店出了點狀況，系統沒確認訂房成功，她先去處理，怕妳久等，就請我來接。她說有傳訊息給妳。」

「……我手機沒電了。」

「所以啊，如果我沒來，妳打算怎麼辦？」

「那也可以請季叔叔……」雖然會有點尷尬，但總比現在這樣，成爲校園八卦的主角要好。

他俯身，伸手輕覆我頭頂，語氣慵懶又帶了些親切：「小不點，我還以爲，比起我爸，妳更想見到我。畢竟，我們也有段時間沒見了。」

我瞪他一眼，知道再多言也無濟於事，只能嘆口氣，推著他低聲催促：「我們快走吧。」

他們帶著我坐上一輛停在路邊的黑色轎車。余力發動引擎，透過後視鏡望了我們一眼，忍不住抱怨：「來的時候是我開，現在還是我開，早知道就不該湊這熱鬧。我又不是司機，爲什麼每次開車的都是我？」

季時予漫不經心地屈起手肘，倚靠在車窗邊，指節輕抵唇角，語氣慵懶：「我可沒叫你來。」

「我只是好奇，什麼人能讓我們Driv一下飛機，就不眠不休趕著去接，這待遇誰受得起？」

「有些好奇，是要付出代價的。」

余力瞥了眼後座，咂舌道：「叫我開車也就罷了，兩個人都坐後座，這你也好意思？」

剛扣好安全帶的我忽然有點後悔上車了。

季時予微微側身，嘴角勾起一抹若有似無的笑，「不然，讓我妹妹去坐副駕？」

「不敢、不敢。」余力猛搖手，額角似乎滲出了細密的冷汗。我以為這下他會消停點，沒想到才過幾個路口，他的話癆屬性又浮現了。

「哎呀……以前沒覺得有妹妹有什麼了不起，現在卻發現，有個妹妹能疼的哥哥，可眞幸福。」余力語帶揶揄，趁著紅燈，轉頭朝我眨了兩下眼，「不過小苒，妳也得好好珍惜喔。」

我耳根泛起一絲熱意，餘光瞥見身旁那人，雖懶洋洋地倚在座椅上，卻透過後視鏡投去一記帶有警告意味的眼神。

余力似乎感受到壓迫，乾笑幾聲，忙不迭地改口：「我就隨口說說，妹妹別介意。」

我沒答話，轉頭望向窗外，默默祈禱這段路程能快點結束。

車內安靜了幾分鐘，正當我以為會就此沉默下去時，季時予忽然開口問：「妳還是不願意跟我們住在一起嗎？」

我握著背包肩帶的手下意識收緊。其實……那並非願不願意的問題。

爸媽離婚後，我選擇留在爸爸身邊，也告訴自己，要學會適應只有兩個人的生活。

如今，媽媽與季叔叔重組家庭，對他們來說，接納我或許是理所當然的事，但對我而言，這種既陌生又需要重新建立的關係與相處方式，是難以言喻的沉重負擔。

季時予說得沒錯，我看似平靜地接受父母分開的事實，可心裡其實早已有了裂痕，而直至今日，也未能痊癒。

「不是不願意……只是比較習慣住飯店。」我輕聲答道。這個理由沒什麼說服力，但至少聽起來無害。

季時予低笑一聲，語氣裡帶著幾分打趣：「原來是被寵壞了。」

我沒有回應，希望這個話題能就此打住，但他並不打算放過我，開口提議道：「這樣吧，我們來打個賭。」

我轉頭看他，皺起眉頭，「你想幹麼？」

他眼底迸發出一抹熟悉的光芒，那是每次比賽前才會出現的，既自信又挑釁的神情。

「如果我們待會去PRECIOUS，還能買到草莓蛋糕，以後妳每個月和周阿姨約好見面的那個週末，就得回家住。」

PRECIOUS是間頗負盛名的法式甜點店，店名意爲「寶貴」，與它的標語「美好時光，獻給甜蜜珍貴的你」相得益彰。

店內固定陳列十五款甜品，其中有三款熱銷招牌，幾乎每日三點前便會售罄，其中又以奶油草莓蛋糕最爲搶手。

奶油草莓蛋糕表層素雅雪白，切開卻暗藏驚喜——夾層堆疊著新鮮草莓，層層飽滿，蛋糕體溼潤鬆軟，奶油細緻而不膩，層次豐富的口感，令人回味無窮。

這款蛋糕被譽爲「經典隱藏款」，據說只有眞正懂得品味的客人，才會一眼挑中它。而之所以會被稱爲「隱藏款」，是因爲它供應與否，全憑甜點師當日的心情而定。

曾有一名鐵粉連續光顧七日，仍未能如願一嘗。就連我這個對甜食興趣不高的人，都多少耳聞，可見有多難買。

但季時予竟以此作賭？

我猜想，他平日忙於比賽，大概根本不知道這款蛋糕有多搶手。

見我默然，他挑釁似地揚眉，輕聲笑問：「怎麼，不敢賭？」

「有什麼不敢的？」我抿了抿唇，「這款蛋糕本來就不是每天供應，就算今天剛好有，現在也早該賣光了。」

「看來我要輸了啊。」他惋惜地嘆了口氣，話鋒一轉，又笑著道：「不曉得……今天星座運勢有五顆星的話，會不會出現奇蹟？」

我微眯起眼，總覺得這場賭局從一開始就有哪裡不太對勁。

車子在PRECIOUS門口緩緩停下，紅線區不允許臨停，季時予便請余力留在車上，自己帶著我下車。

推開那扇復古木框的玻璃門，一股淡淡的奶香混著杏仁與烘焙香氣撲面而來，撫平了些許疲憊。

店內陳設仿歐式古董風格，典雅中帶了點懷舊感，牆面漆上低飽和度的淡湖水綠，襯得空間靜謐而溫柔。

員工們皆身著白襯衫與霧灰色西裝背心，下身搭配同色系的窄裙或西裝褲，舉手投足間，帶有一股從容優雅。

店內客人稀少，玻璃櫃中的甜點也所剩無幾，令我悄悄鬆了口氣。

孰料，一名熱情的女店員竟在此時開口：「歡迎光臨！本日限量的奶油草莓蛋糕還剩最後一塊，請問有需要嗎？」

我驚訝地瞠大眼睛望向玻璃櫃。那裡，果真躺著一塊看似毫不起眼的草莓蛋糕。

季時予淺淺一笑，「看來，我今天運氣不錯。」他朝店員點了點頭，「麻煩幫我打包，謝謝。」

店員禮貌應聲，動作俐落地將蛋糕裝盒，遞到他手上。

我望著那素面壓紋、設計雅致的蛋糕盒，覺得哪裡不對勁，卻一時摸不著頭緒。而季時予神情從容，就像真的不過是「運氣好」罷了。

回到車上，余力瞥見那盒蛋糕，以及我變得更難看的臉色，啞然失笑，「季時予，你都幾歲了，還欺負妹妹？」

「我送她可遇不可求的奶油草莓蛋糕，這怎麼算欺負？」季時予說完話，還轉過頭來，無聲地以口形道：「妳輸了。」

「這場賭局肯定有詐。」我不服氣，瞇起眼質疑道。

「徐苒，妳已經不是小孩子了，要願賭服輸。下次開始，記得回家住。」他的語氣溫和，可瞥來的目光卻隱約帶著不許我反悔的強硬。

「我會跟媽媽商量看看。」我轉過頭，含糊其辭地應付。

季時予點點頭，像是接受了我的讓步，不久，卻又慢悠悠地補上一句：「如果妳要賴，以後我會親自去學校接妳。」

我愣怔，回過神後才道：「哥哥那麼忙，怎麼可能——」

「妳可以試試。」

那一瞬間，我感覺自己似乎掉進了他的圈套。

後來，我才偶然從旁人口中得知，那塊PRECIOUS的奶油草莓蛋糕，根本就是爲我準備的。

季時予透過關係，聯絡上那位剛好是他粉絲的甜點師傅，請對方在他回國那日製作一批草莓蛋糕，並預留一塊給他。作爲交換，他答應提供兩張《譽神》世界盃的貴賓席門票，讓師傅帶女朋友進場觀賽。

這場賭局，自始至終都與運氣無關，眞正牽引著一切的，是季時予精心布下的溫柔陷阱。

# 第三章 那該死的魅力

十次的心理建設，比不上一回不經意的動心。

自那次接送事件過後，我的校園生活開始出現極大的變化。

大家對我的印象，從「成績優異、容貌清秀的小透明」，變成「國二某班資優生，是電競天才Driv的妹妹」。

季時予和我是兄妹的消息不脛而走，火速傳遍全校。更誇張的是，就連媒體娛樂板上，也陸續出現小篇幅的報導。

據聞，曾有記者在NBTB的公開活動上試圖探詢關於我的事，被季時予以一句「無可奉告」擋了回去，而其他隊員們亦是守口如瓶。

但在校園裡，我只能自己面對這些傳聞。無論是在教室裡，還是在走廊上，總有人對我投以好奇的目光。有些人會交頭接耳、竊竊私語，有的則滿臉興奮，帶著幾分羨慕地問——

「妳真的是Driv的妹妹嗎？」

「妳平常會跟他一起打遊戲嗎？」

「你們感情好嗎？」

當然，並非所有人都相信，我是季時予的妹妹。

「Driv的個人資料裡又沒寫他還有個妹妹，以前的專訪也從未提及……」

「一個姓季，一個姓徐，怎麼可能是兄妹？」

我原以為，只要低調應對，冷處理幾天，待熱潮退去，一切就會恢復原狀。

但我低估了季時予的名氣和影響力。

兩個月過去，關於季時予的種種問題，依然圍繞著我，絲毫沒有消停的跡象。

「學妹，妳哥有女朋友嗎？」

「徐苒，我快生日了，妳能幫我跟Driv要簽名嗎？」

「學姐，妳哥真的超強！上次比賽他的神級操作，簡直太厲害！」

「NBTB這次進全球賽前八，要去新加坡打冠軍賽了耶！」

除此之外，我還收到了各種「委託」。

學姐們會在走廊上攔截我，請我幫忙轉交告白信；我的抽屜裡時不時會出現寫著遊戲ＩＤ，並註明「我想加Driv好友」的紙條；甚至有人直接將簽名板、筆記本、白Ｔ恤裝袋放在我的座位旁，拜託我帶回家請他簽名。

無止境的好奇、過度熱烈的崇拜、數不清的請託，幾乎快把我的耐性磨盡。

我無聲輕嘆，將抽屜裡那疊紙條一張張收拾整齊，夾進歷史課本裡。

這個舉動，剛好被前座的同學看到，她說：「有個名人哥哥，很辛苦吧？」

我扯了扯嘴角苦笑。

她是這兩個多月以來，少數沒煩我的人，而她接下來說的話，使我手上的動作一頓。

「徐苒，妳哥那麼厲害，妳難道眞的一點都不好奇嗎？」

我不曾想過這個問題。我每月只有兩個週末會回到那個家，而季時予總是忙於訓練、戰隊活動以及各種比賽，多數時間都待在訓練基地，即便偶爾回來，也鮮少談到有關電競圈的事。

至於我，日復一日地專心於課業，對遊戲領域既陌生又缺乏興趣，壓根沒想過要多了解些什麼。

所以……我眞的一點都不好奇嗎？

這個問題在腦海裡盤旋了幾天後，最終驅使我打開電腦，搜尋NBTB和季時予的相關資訊。

隨著電競產業對全球經濟與社會的影響力日益增長，國際奧委會已開始積極推動電競發展，無疑象徵著這個領域的崛起。

電競選手的地位已不可同日而語，過去那些終日埋首於訓練，被貼上「沉迷遊戲」、「沒前途」等標籤的人們，如今成爲了時代的寵兒。

明星級的頂尖選手，不僅簽約金動輒上千萬，品牌代言接連不斷，粉絲對他們的熱愛，更不遜於演藝圈的一線巨星。

在這股電競熱潮中爆紅的「Driv」，則成爲圈內神話般的存在。他十六歲踏入職業賽場，成爲NBTB戰隊的先發選手，短短一年，又成爲電競圈內的明星選手，站上《譽神》的世界冠軍舞臺。

提及《譽神》最迷人之處，在於它獨特的「神意降臨」機制。

對戰期間，玩家將受制於五大神祇掌控的「神意降臨」——

「時空之神」能使特定區域的時間回到五秒前，角色所在的位置、血量等等，也都會回到五秒前的狀態；「烈日神」則會讓戰場在瞬間呈現高溫狀態，雖然角色的技能冷卻時間減半，但在迅速施放技能的同時，也會反噬自身血量；「海淵之神」讓戰場化爲洪流，削弱陸戰型角色，強化水棲系角色；「雷霆神」隨機降下的雷擊，令低血量的角色無處可逃；「暗影神」開啟黑暗模式時，會壓縮雙方視野，同時賦予近戰角色（注4）額外增益。

在這樣充滿未知數的賽場上，選手的臨場應變與抗壓性，成爲勝敗關鍵。

而Driv以極限操作與精準預判聞名，能在戰況膠著時尋得突破口，甚至搶在「神意降臨」前洞悉戰局變化，將風險轉化爲優勢。

在某場全球賽事中，他一舉奪下「最佳輸出」、「最佳刺客」與「最佳時間行者」三項殊榮，成爲《譽神》史上首位「三冠王」選手。

因此有粉絲笑稱：「Driv才是SRG戰場上，唯一的變數。」

年初，NBTB以破天荒的續約條件順利將他留下，而這也讓他的身價一舉躍升。

---

注4：主要以近距離攻擊方式作戰的角色。

滑鼠一格格隨著我持續向下閱讀滾動，螢幕上的資訊多到看不完。我隨手點開一名電競網紅最新上傳的影片，影片標題為「SRG澳洲場娛樂賽的精華片段」。

我記得，那時季時予剛結束《譽神》全球八強賽的宣傳片拍攝，回家不到一天，又馬不停蹄地飛往澳洲，倉促得令人印象深刻。

他回來的那天，戴著黑色鴨舌帽與同色系口罩，拉著正在讀書的我，陪他逛夜市買小吃。回程途中，我們在一座偏僻的公車站歇腳，並肩坐於長椅上，邊等車，邊解決兩袋烤肉串和一杯手搖飲。

我一直以為，季時予不過是長得好看了點，除此之外，與常人無異。

但現在，看完網路上那麼多的資訊後，我發現，似乎……並非如此。

解說員的聲音響起，我的目光隨著畫面移動，從全視角地圖掃至選手名單，再停留在首排觀眾席上，只見一群穿著NBTB戰隊服的男人們正在交談。

其中一人不知道說了什麼，季時予聞言，微微側過臉，勾起唇角，隨手提了提褲管，敞開一雙筆直修長的腿，雙肘慵懶地抵在膝上，目光卻格外專注地盯著前方螢幕。

舉手投足間，帥得令人驚嘆。

畫面一轉，來到賽後的閉幕典禮。

主持人宣布《譽神》即將迎來三．〇版本更新，五大地圖全面升級，加入３Ｄ立體視覺技術，為玩家帶來嶄新的沉浸式戰場體驗。

本次改版，邀請了國際知名藝術家蘇聿擔任視覺總監，並由在官方舉辦的票選活動中勝出的高人氣選手Driv，擔任揭幕大使。

鏡頭切至舞臺中央，一張精緻的面孔映入我的眼中。幾天前，英文老師才在課堂上介紹這位藝術家，提到蘇聿時，那眉飛色舞的模樣，簡直是把崇拜二字寫在臉上。

直播畫面一旁的聊天室內有人同步貼出訊息——

「作爲活躍於國際的藝術家，蘇聿的作品常見於世界級展覽，鮮少與國內企業合作。此次跨足遊戲界，爲《譽神》打造獨特的美學空間，無疑是三．〇改版中的一大亮點，令全球玩家翹首盼望。」

「據聞，雖然蘇聿接下了這次的合作，卻謝絕參與《譽神》於國內的一切宣傳活動……」

「蘇老師，能否分享一下這次合作的感想？」主持人的提問聲將我從雜亂的思緒中拉了回來。

蘇聿微笑接過麥克風，「很榮幸可以參與這次的改版，希望能爲玩家們帶來更高規格、精緻的視覺饗宴，並祝所有參賽隊伍皆能發揮實力，得償所願。」

語畢，他把麥克風遞給季時予。

主持人順勢追問：「Driv，作爲本次《譽神》三．〇的揭幕大使，想必你已提前體驗過新版地圖了吧，感想如何？」

季時予與蘇聿交換一記眼神，笑著答道：「這次的改版令人十分驚豔，等正式上線後，我也一定會好好享受的。」

待季時予將麥克風遞給工作人員後，主持人便道：「謝謝兩位的分享，那麼最後，我們一同來觀賞《譽神》三·〇的宣傳影片。」

隨著宣傳影片出現在大螢幕中，現場氣氛瞬間被點燃。

影片的最後，畫面定格在一道男性的側面剪影上，立刻引爆全場熱議。

鏡頭掃過臺下，只見粉絲們瘋狂揮舞應援燈牌，尖叫與吶喊此起彼落。

聊天室則被鋪天蓋地的討論淹沒，觀眾紛紛猜測這道神祕身影，是否就是將爲本次主題曲獻聲的網紅歌手「牧凌」。

在飛速掠過的訊息洪流中，我依然能捕捉到無數粉絲對季時予的熱情告白。

「Driv好帥！」

「Driv我愛你！」

我輕點暫停鍵，靜靜望著螢幕裡那個站在聚光燈下的男人。

直到這一刻，我才恍然意識到，季時予，是從一個多遙遠的世界走來，成爲了我的哥哥。

✦

段考週在即，同學們的桌上擺滿了複習卷，上頭全是密密麻麻的考試重點，可一到下課時間，他們的聊天話題仍舊圍繞著即將於今晚登場的《譽神》全球總決賽。

教室裡的討論聲不絕於耳，大家對本次晉級決賽的NBTB與來自歐美的FALCON戰隊瞭若指掌，熟悉程度遠勝任何一門學科。

短短十分鐘的休息時間，他們已經從戰場地圖、選角預測、戰術布局，一路聊到焦點選手的操作習慣，直到上課鐘聲響起，才意猶未盡地散去，回到各自的座位。

一名男同學經過我的位子時，突然出聲：「欸，徐苒，妳哥今晚打決賽耶，妳都沒關心一下喔？」

我剛解完一道數學題，抬起頭正要回話，卻見他早已走遠。我想，他大概只是隨口一問，並不在乎答案。

與以往不同，對於此次決賽，我心裡其實有所期待。

晚上，我剛完成今天預定的複習進度，手機螢幕便跳出季時予的來電。

「在做什麼？」

他的語氣一如往常，平靜得聽不出任何異樣，但在這種關鍵時刻主動打來，實在不像他的風格。

「剛讀完書。」我看了眼時間，「你們不是快要比賽了嗎？」

他輕笑一聲，「妳居然知道？」

「班上同學都在討論，我算是被迫得知吧。」

「那眞是委屈妹妹了。」他語帶調侃，我卻莫名地覺得，他和平常有些不一樣。

難道這場冠軍戰讓他特別有壓力嗎？不過，就算他覺得有壓力，爲什麼不是和隊友聊聊，而是打給我？

我思索片刻，決定旁敲側擊，「余力哥他……會緊張嗎？」

電話那端忽然靜得出奇，讓我以爲訊號出了問題。

確認通話秒數還在跳動後，我重新把手機貼回耳邊，「季時予？」

半晌，他才慢慢開口：「你們什麼時候變得那麼熟了？」

「熟嗎？」我挑了下眉，不太確定他指的是哪部分。

他嘆了口氣，「……之前想聽妳叫我一聲哥哥，還得半哄半騙，浪費一個生日願望才能如願。余力比我有魅力，是不是？」

我無言地扯了下嘴角。

正因爲不熟才會加個「哥」字以示禮貌，這人怎麼能曲解成這樣……

「徐苒，以後不管什麼理由，妳都不准隨便叫別的男人哥哥，聽見了嗎？」

「你當年不也擅自自稱是我哥？現在倒小氣起來了？」

他沉默了一瞬，語氣堅定得不像開玩笑：「我就當妳答應了。」

隨他吧，反正我本來就不是那種會把「哥」或「姐」掛在嘴邊的人。

「Driv，時間差不多了。」一道清晰的男聲忽然介入，接著又笑問：「欸？你居然在講電話？跟女生嗎？」

「嗯。」

「唉唷，你什麼時候交女朋友了？長怎樣？你是不是——」

「她是我妹妹。」

「靠，你眞的有妹妹喔？那天聽余力講我還以爲他在亂講欸！大家認識這麼久，都不知道你有個妹妹，還以爲那是你的情……」

我還來不及聽清那男人說了什麼，季時予似乎便按下靜音，導致電話那頭什麼聲響也沒傳來。

過了片刻，我聽見腳步聲，忍不住問：「他剛剛說什麼？」

「沒什麼。」季時予的聲音從話筒中傳來，帶著淡淡的回音，好像正走在長廊裡。

「你去忙吧，加油。」我猜他們應該要準備上場了。

「徐苒。」他忽然低喚，「妳覺得，我們會贏嗎？」

我一怔。

今天在班上，我聽到有人說，FALCON這次來勢洶洶。去年輸給NBTB後，他們徹底分析了NBTB每個成員的資料，以及他們的打法、戰術，甚至特地設計出專門應對NBTB的策略，誓言要在今晚拿下冠軍。

所以他是……眞的緊張了嗎？

「徐苒？」

我回過神，語氣篤定：「會。你們會贏。」

他笑了笑，像是終於放下心中壓著的一股氣，隨後，傳來一條直播連結，「那就記得看。」

直播開始後，我全神貫注地盯著電腦螢幕，心跳也跟著加速。

《磐神》世界冠軍賽，NBTB vs. FALCON 最終之戰！

舞臺上方的大螢幕緩緩滑過這段文字，競技館的主燈隨著倒數忽明忽暗。

主持人渾厚低沉的聲音，在場館內迴盪：「Ladies and gentlemen——歡迎來到《磐神》全球總決賽！」

炫目的雷射光束自舞臺兩側綻放，現場觀眾的歡呼聲隨之四起。

場中央，一道金色光芒衝至穹頂，化為交錯脈動的光束，在空中編織出五座立體戰場的全景投影，將對決的舞臺一一展現。

低鳴的鼓聲厚重沉穩，如遠古戰場傳來的回響，撼動人心的旋律環繞全場。由人氣網紅歌手牧凌獻唱的《磐神》三．〇官方主題曲，融合了層層堆疊的電音與交響樂，激昂磅礡的節奏襲捲而來，喚醒無數電競迷的熱情。

牧凌嘹亮的嗓音中蘊藏深邃，唱出決戰前的壯闊與無懼。

當副歌揚起的那一瞬，懸浮於空中的五大戰場影像忽然劇烈震盪，緊接著，萬千光束奔流聚焦於其中一處——全新版本的《磐神》首次於國際賽中亮相。

第一個登場的改版戰場是「浮世幻墟」，此戰場結合東方水墨與未來科技，勾勒出如夢似幻的唯美疆域。

畫面中的湖泊幽深靜謐，四周環繞的雕像潛藏致命機關，一旦觸發，局勢將可能在一瞬間改變，引發難以預測的混戰。

忽然，虛境破碎，水面驟然崩裂，灼熱岩漿翻湧而上，「熾域熔巖」戰場轟然現身。

岩漿不斷地自中央的熔爐湧出，每當能量到達臨界點，便會釋放出強烈震波，令地形劇烈扭曲，選手們必須在不斷變動的險境中尋找破局之道。

烈焰漸退，暴風雪驟起，被冰霜籠罩的「霜墟冰陵」戰場，接續登場。此戰場裂隙縱橫、霜霧彌漫，每一步都是試煉。藏於雪峰深處的「霜陵之眼」，能賦予奪取者短暫的全地圖視野，卻也會暴露自身位置，成為敵方的獵殺目標。

隨著狂風止息，濃霧蔓延，一座沉寂已久的廢墟「塔影禁城」，緩緩浮現。蜿蜒交錯的街道、高低錯落的瞭望塔，構築出複雜的戰場結構。

其中，幽燈暗塔──一座外型宛如黑色巨型燈籠的高塔，會在比賽進行時隨機出現一次，奪取選手視野。但若能巧妙運用，將成爲翻轉戰局的關鍵。

隨後，「裂界神殿」戰場在聖光沐浴下壯闊登場，威壓四野。這片古老的戰場會在遊戲開始後，隨著時間逐漸崩塌，選手們必須於亂局中掙扎求生。

懸浮於場中的五大戰場影像，猶如神話與未來交織而成的藝術巨作，爲全場觀眾帶來一場盛大的視覺饗宴。

須臾，雷鳴般的環繞音效劃破喧囂，吸引了眾人的目光。NBTB的介紹影片登上大螢幕。

畫面隨著節奏強烈的音樂快速切換，戰隊成員的特寫鏡頭與他們擅長操作的角色逐一亮相。

螢幕上重播著他們在賽場上的精彩時刻：Zephyrax的極限五殺，Deen精確掌握戰況，果斷地引發雙方交戰，Wally的以一換三，Fiz教科書級的走位，以及Driv驚險逃脫的神級操作。

畫面定格在Driv使用的角色「夜隼」，被敵方包夾的瞬間，下一秒，神意降臨——時空逆轉，戰況回到五秒前，Driv成功脫逃！

觀眾們紛紛起身為這一幕鼓掌。

影片結束，數道光束交錯投射至場內上空，NBTB的寓意——None But The Brave隨之顯現，在空中點亮戰隊的信念。

Deen率領隊員自舞臺中央的升降臺出現，他們身穿剪裁俐落的制服，步伐整齊堅定。

聚光燈移至Driv身上，他嘴角掛著漫不經心的微笑，額前的瀏海往上梳起，神情從容自信。

FALCON登場後，鏡頭轉向ＶＩＰ觀賽區。

蘇聿靜靜坐在其中，身著一襲黑色緞面三件式合身西裝，矜貴而神祕。燈光下，他俊朗的五官顯得銳利，一雙平靜如水的眼眸，似藏著一片無人可探的深海。

此時主持人已走至蘇聿的身邊，打算進行簡短的訪談。

「蘇老師，聽說這次改版中，官方對一百四十九位角色的技能與造型進行了全新調整。其中『夜隼』新增的對白，是您主動向遊戲公司對應的窗口提議，經與內部工作人員討論而定案的，對嗎？」說著，他將麥克風遞過去。

蘇聿沒有立即答覆，只是微微偏頭，嘴角勾起一抹意味難明的笑。

主持人笑著追問：「三．〇版本釋出後，大家都在猜，那句臺詞是不是寫給劉老師的。今天難得蘇老師親臨冠軍賽現場，給個面子嘛！」

蘇聿語氣淡然：「哪一句？」

「欸──就知道蘇老師會故意吊大家胃口，這就來揭曉啦！」

話音剛落，主舞臺的大螢幕亮起。

畫面中，「夜隼」身披黑色風衣、臉戴半邊白色面具，手中那根宛如魔杖的枯枝在指尖旋繞。他穿梭於險峻的戰場之中，身形若隱若現，如夜行的魔術師般閃現、爆破，秒殺敵方後畫面定格。接著，一道低沉而虛幻的嗓音響起：「愛，是從難以克制的渴望，走向一場不願清醒的沉淪。」

畫面切回現場，蘇聿神色微妙，唇角彎起一抹若有若無的微笑。他接過麥克風，不疾不徐地淺聲回應：「的確是我發想的，但可惜，不是給劉老師的。」

聊天室一陣騷動，眾說紛紜，有人猜他是因害羞而不願承認，亦有人揣測靈感或許來自於他的初戀。

不久，參賽選手陸續就位，場內燈光漸暗，主播與賽評隨即展開賽前分析。

「FALCON去年在半決賽時對上NBTB，當時在關鍵時刻，誤判了由Driv操控的『夜隼』走位，導致戰況急轉直下，最終落敗。今年他們捲土重來，針對NBTB制定了策略。這場對決，勢必精彩！」主播侃侃而談。

「沒錯，這邊也提一下FALCON的新任隊長Reaper，他打法犀利，擅長於比賽前期搶得先機，壓制對手。」賽評分析道。

比賽開始，這場五戰三勝制的總決賽打得激烈，前四局雙方互有勝負，每局皆驚心動魄，全無冷場。

開局，Reaper便透過與隊友的默契，迅速壓制NBTB，拿下首勝。

第二局，NBTB調整應對方式，以穩健的節奏與靈活的策略打亂FALCON的布局，關鍵時刻，Driv冷靜找出對方的漏洞，逆轉局勢，成功扳回一城。

第三局，FALCON出奇制勝，針對Fiz的刺客型角色（注5）頻繁施壓。中期兩波團戰（注6）連敗讓NBTB墜入險境。正當Reaper準備給予最後一擊時，NBTB憑藉冷靜協作與反制，擊潰FALCON核心戰力，驚天逆轉。

第四局，戰況膠著。雖然NBTB一度掌握節奏，但最後一刻，Reaper兵行險招，操作水棲型角色，最後，「海淵之神」神意降臨，FALCON順勢拿下這局。

目前，雙方戰成二比二，進入最終決勝局。

畫面裡，選手們要操控的角色逐一出現，而當Driv選擇的角色出現時，全場瞬間譁然。

「是『十面閻羅』！」賽評驚呼，「選擇這個角色的風險極高，他雖然具備極強的爆發力與機動性，但要是沒在前期提升角色能力的話，便會拖累全隊。」

「在決勝局中使用需要時間養成的角色……NBTB的戰術，比我們想像中更大膽，也更自信。」

鏡頭一轉，雙方角色已傳送至戰場，地圖緩緩延展，兩軍即將交戰。

系統語音響起：「角色已抵達戰場，玩家們請做好準備。」

此次比賽的戰場由系統隨機抽選，決勝局落在最具挑戰性的「裂界神殿」。

這是一座懸浮於空中的遠古遺跡，由縱橫交錯的石橋與漂浮島嶼構成。雷鳴與閃電於晦暗天幕中此起彼落，四周瀰漫金紅色的霧氣，隱約可見崩裂的神祇雕像與殘破的聖殿幻影。

比賽進行十分鐘後，戰場將進入「崩毀階段」，部分區域會開始塌陷，迫使選手必須立即調整走位與改變戰術。

而當比賽時間超過三十分鐘，中央區域將浮現「神祇之影」，率先擊殺者將直接獲得勝利。這一機制不僅能防止比賽陷入僵局，亦給予落後方反敗爲勝的機會。

比賽開始，藍方NBTB 自東側的「聖光祭壇」出發。這裡位處高地，視野極佳，但若地形崩解，則會失去優勢。

紅方FALCON 則從西側「深淵封印」起步。此處地形封閉，雖然有利於前期的防守與埋伏，可一旦「神意降臨」，便容易陷入不利局面。

---

注5：刺客型角色的爆發力強，機動性高，但防禦力相對較低，擅長突擊。

注6：在MOBA類遊戲中，「團戰」是指多名玩家同時參與的大規模戰鬥。

FALCON一開場便積極進攻，試圖藉此壓制對手，拉開雙方差距。

賽評見狀，便道：「Reaper幾乎全程貼著Driv的十面閻羅，很明顯是要干擾他的角色發育（注7）！」

我緊張地瞇著眼。季時予該不會……就這樣被一路壓著打吧？

就在此時，Wally的晨曦神使前來支援，讓十面閻羅得以脫困。

「Wally選擇『晨曦神使』是極爲明智的選擇，這個輔助角色的防禦力和治癒能力極強，除了能治療隊友，還能在關鍵時刻替全隊擋下對手的攻擊。」主播評論道。

十分鐘一到，地層開始劇烈震動，牆面崩落，漫天煙塵，整座戰場被一分爲二。

「Deen的『暗影魔君』本就需要時間發育，現在隊伍被迫分開，他的發育空間會進一步遭到壓縮。」賽評語調低沉，「FALCON的輔助選手趁勢封鎖道路，限制Driv的移動！」

見季時予操控的十面閻羅受困於石臺邊，FALCON的選手立刻將他包圍。

「Reaper準備對Driv發動攻擊！」主播大喊。

我緊盯畫面，手指不自覺蜷曲，微微掐進掌心。

外圍的漂浮島嶼陸續塌陷，戰場被推向更險峻混亂的情況。

此刻，Driv身後是深不見底的懸崖，前方則有步步緊逼的Reaper。

「這……這場面太危險了。等等！Driv這是要跳嗎？」賽評激動地道。

畫面中的十面閻羅非但沒有撤退，反而主動靠近邊緣。

「他該不會是想……利用地形？」賽評猜測。

下一秒，十面閻羅啟動技能，搭配瞬移效果，大膽躍上即將崩落的板塊，藉由它翻落瞬間的推力作爲跳板，驚險脫逃！

賽評情不自禁地抱頭大喊：「Driv這操作簡直令人難以置信！太瘋狂了！」

「FALCON的攻擊節奏整個被打亂了！原本鎖定的獵物突然消失，現在還被NBTB突擊！」

在Reaper愣神的短短零點五秒間，Fiz操控的疾影刺客已從側面切入，接連使出幾個高傷害的技能，當場擊殺對方！

聊天室瞬間被留言瘋狂洗版——

「剛才那是什麼神操作！」

「Fiz跟Driv的默契根本不講理！」

「Driv才是SRG眞正的變數吧！」

比賽時間已經過了二十分鐘，此時的FALCON憑藉地形優勢，拿回掌控權，持續對NBTB施壓。

「Deen的暗影魔君發育受阻，方才對戰時又被兩名攻擊力高的角色壓著打，

---

注7：在MOBA類遊戲中，「發育」指的是角色透過擊殺小兵、打擊野怪，獲得金錢與經驗，迅速累積裝備與等級，讓角色戰力成長的過程。

現在幾乎寸步難行。」

「Zephyrax操控的『疾風神將』，機動性極高，能快速支援隊友，但FALCON的多點奇襲攻勢，讓NBTB難以招架，根本無法反擊。」

不久，系統語音突然宣布：「神意降臨，五秒後將於全地圖隨機降下雷擊。」出乎意料的變數，令聊天室瞬間被大量留言灌爆。

「開玩笑的吧？這時間點神意降臨？」

「太地獄了啦，雙方起碼有一半人的生命值不到50%欸！」

「這不是雷神，是死神吧哈哈哈！」

天幕驟然暗下，黑雲翻湧，電光四竄，如甦醒的雷神，挾神罰之怒撕裂長空。

一道雷劈從天而降，貫穿戰場。

FALCON見勢不妙，紛紛撤離、躲避。

然而，場上的十面閻羅，仍孤身佇立於廢墟旁，文風不動。

「他怎麼還站在那裡？那位置太危險了！」主播激動地說。

「等等……Reaper好像被他吸引，竟然開始往他那邊靠近！」賽評突然拉高音調。

在閃電落下前，十面閻羅忽然動了。他啟動技能，趁電光未至之際，穿越濃霧，於Reaper後方現身。

反應不及的Reaper，在那道閻羅殘影劃過時，被硬生生拖入雷神的審判中，當場擊殺！

主播與賽評異口同聲地驚呼。

「居然引雷殺敵！」

「Driv根本是超時空預判！」

雖然Reaper已經被擊殺了，但Driv的危機還沒解除。此刻，十面閻羅正以殘血之姿，衝向剛從另一側趕來的晨曦神使。

「這種生命值也敢衝？」賽評錯愕道。

我緊盯畫面，心臟幾乎要躍出胸口。

最後一道雷擊將落，Wally施放大招「日耀庇護」。金光自天穹注入，如神祇俯身，籠罩十面閻羅，並吸收所有傷害。

Driv精準的判斷，搭配Wally的支援，徹底扭轉NBTB原先的劣勢。

比賽開打以來，我的情緒便一直隨著戰況起伏，數度差點驚呼出聲。

反觀鏡頭前的季時予，他神情自若，唇角含笑，雙手靈活地敲擊著鍵盤與滑鼠。

戰場上，經過前期穩紮穩打的資源累積，此時十面閻羅的裝備與戰力已達巔峰，角色「突破神性」，蛻變爲全新形態。

Driv的攻勢也變得非常猛烈，在瞬息萬變的戰場上勢如破竹。

比賽時間已超過三十分鐘，「神祇之影」於場中央現身，戰局進入最令人緊張的決戰時刻。

在接下來的幾波團戰中，NBTB展現了無懈可擊的團隊協作。

Wally的晨曦神使不僅扛下FALCON大部分的攻擊，更爲隊友們創造理想的進攻環境；而Driv和Zephyrax則分別於關鍵時刻打出高傷害，一舉將FALCON團滅（注8）。

NBTB趁勢推進，成功擊殺神祇之影，奪得本屆《譽神》全球總決賽冠軍。

「NBTB Victory」的字樣占據整個直播畫面，下一秒，畫面切換至觀眾席，全場觀眾激動高喊著戰隊的名字。

鏡頭轉至舞臺，五位少年高舉冠軍獎盃，在掌聲中向觀眾深深鞠躬。

他們承載著無數支持者的熱切期盼，披荊斬棘，爲夢想而戰，憑藉堅持與實力，最終不負眾望地登上榮耀寶座。

我從未想過，自己會在段考前熬夜追一場電競比賽，更無法想像，自己會因爲某支戰隊、某個人的勝利，感到如此雀躍。

熄燈後，我躺在床上，思緒卻還停留在季時予佇立於舞臺時的畫面。

聚光燈下，他的輪廓顯得更加立體，唇邊噙著一抹若有若無的笑意，沉穩的氣質和舉手投足間的從容，教人目不轉睛。

胸口泛起一抹淡淡的甜意，尚未細細探究，手機螢幕便在黑暗中亮起。

「妳看比賽了嗎？」季時予問。緊接著，第二條訊息隨之而來，「我們贏了。」

「我知道。」我停頓片刻，還是問道：「我看比賽，不會讓你有壓力嗎？」

「妳不是我的壓力，是讓我願意負重前行的動力。」

「什麼負重前行……講得我好像很重一樣……」

「長大了，當然會變重。」

我瞇起眼，盯著那句話，忽然不想回應。

下一秒，他再次傳來訊息：「別擔心，無論妳變成什麼樣，我都扛得起。」

這個人到底懂不懂說話的藝術？

我把手機丟到一旁，拉起棉被蒙住頭，卻抑制不了胸口那股悸動。

最終，我只能將嘴角浮現的笑意，悄悄藏進無人知曉的深夜裡。

✦

NBTB在奪得第十一屆《譽神》全球大賽的冠軍之後，正式迎來全盛時期。知名運動品牌、大型科技公司與電商平臺接連上門，代言邀約如雪片般紛至沓來。隔年，NBTB也在第十二屆《譽神》全球大賽中，再次奪冠，成爲首支完成三連霸的戰隊。

身爲明星選手的Driv，自然是大家關注的焦點，眾人皆信，他將繼續締造不朽傳奇，引領電競風潮。

注8：「團滅」是指一支戰隊在交戰中，全員被擊殺。

豈料，他竟在最輝煌的時期，做出一個令人意想不到的決定。

在我就讀高一那年，季時予退役的消息如同一顆震撼彈，在電競圈炸開。

網路上的討論聲不斷，從體育新聞、遊戲論壇到社群平臺，無一不在轉發他的退役聲明。

對於網路上鋪天蓋地的討論，季時予的回應簡潔有力——這是我經過深思熟慮後所做的決定，請粉絲們不必為此難過，或過多地探究原因。期待將來，有更多優秀的選手站上國際舞臺，延續對遊戲的熱愛。

「Driv真的就這樣退役了？」

「哥，你明明還能再打幾年啊！《譽神》少了你會黯然失色！」

「該不會是身體出了什麼狀況吧？」

有人惋惜，有人猜測，甚至有其他戰隊的選手在直播時，邊哭邊說：「Driv是我踏入電競圈的啟蒙者。電競真的很殘酷，哪怕是神，也終有退場的一天。」

自從了解季時予的世界後，我便站在不遠不近的地方，看著他閃耀於眾所矚目的舞臺。

雖不曾真正靠近，心中卻仍為他感到驕傲。

手機螢幕上，李采璇和陳品亦的訊息一前一後地跳出來。

李采璇：「徐苒，我今天補習的時候，聽見別校男生邊講邊哭，說妳哥退役，他人生瞬間沒了目標，超誇張的欸。」

陳品亦：「我男友是妳哥的死忠粉，他現在難過到說想刪遊戲……」

我曾和她們坦白過，我和季時予是因父母再婚而成的法定兄妹。

讀完了訊息，我沒有回覆，只是靜靜坐在書桌前，看著窗簾被夜風拂動，一股難以言喻的情緒於心底悄然發酵。

季時予爲什麼突然退役？他明明還能繼續打……他不是一直熱愛著這份職業嗎？

否則，豈會將青春完全地奉獻給電競？更不會在年少時，毫不猶豫地背負起眾人的期盼，走上這條榮耀之路。

吃晚餐時，媽媽似乎察覺我心不在焉，關切地問：「怎麼了？」

我回過神，扒了幾口碗裡幾乎沒怎麼動的家常菜。

門口驀地傳來一陣解鎖的聲音。媽媽驚訝地望向走進玄關的兩人，「不是說今天不回來吃嗎？」

季叔叔一邊脫下西裝外套，一邊將公事包擱在沙發上，「應酬臨時取消了，回來路上剛好碰見時予，就一起進門了。」

「還好我有多煮一點。」媽媽起身準備碗筷。

季時予走向餐桌，順手揉了揉我的髮頂，然後拉開椅子坐下，「怎麼？看到哥哥不開心嗎？」

我咬著筷子，沒答腔。

「哇，托小苒的福，今晚有四菜一湯呢！」季叔叔接過媽媽遞去的餐具，笑著對我說，「多吃一點喲。發育期要營養均衡，別太瘦了。」

季時予夾走我碗裡的控肉，把過肥的部分剔除後，才放回我碗裡。

我微微皺眉，「你笑什麼？」

「不用長太好。」他笑著道，「哥哥不在身邊，可沒辦法幫妳趕走蒼蠅。」

我用筷子撥弄碗裡的飯，輕聲開口：「你還是先顧好自己吧，退役的消息鬧得滿城風雨，粉絲們都心碎了。」

餐桌上原本熱絡的氣氛，因爲這句話，忽然安靜了下來。

季叔叔看向兒子，笑問：「不會後悔嗎？」

「不會。」季時予往椅背一靠，神情閒適，「我打算申請美國的學校，資料都準備好了。」

季叔叔點點頭，顯然同意他的做法。

這些年來，我透過觀察，對他們父子間的相處模式已略知一二。

季叔叔採取開放式教育，只要不違法、不越界，他都尊重兒子的選擇；而季時予也不曾辜負他的期待，他能力優秀、行事穩重，對於想做的事總是全力以赴。有這麼一個成熟又自律的孩子，換成誰當他的父母，都會感到欣慰，並任由他發展吧。

只是……他眞的決定好了嗎？

「去美國？」

聽見我的低喃，季時予側頭望向我，「嗯，我以後想當教授。」

「你對電競沒興趣了嗎？」我脫口道。

季時予放下碗筷，屈指輕刮了下我的鼻尖，語調輕慢：「當然不是。」不是失去熱情，也並非身體出了什麼狀況，更不可能是因爲承受不了外界的聲浪。

那他究竟爲什麼會在前途一片光明之際，選擇離開熱愛的電競圈？

吃完晚餐後，我回到房間，準備複習功課，卻被因大量訊息湧入而不斷閃爍的手機螢幕干擾。

我伸手想將它反扣於桌面，卻在看見其中一則訊息時，不由自主地點進聊天群組。

裡頭的話題，一如預期地全圍繞在「Driv退役」的消息上。我匆匆瀏覽那一行行跳出來的文字，直到其中幾句話突兀地刺進眼底。

「我記得幾年前網路上有篇八卦新聞，說Driv有個異父異母的妹妹，是不是我們班那個徐苒啊？問她不就知道了？」

「哪有人會在群組裡這樣問的，你很白目欸！」

「你是不是忘了這個群組全班同學都在啊。」

「啊、靠，我忘了！」

那則訊息隨即被收回，但已經晚了。

我盯著螢幕沉思片刻後，起身走向隔壁的房間，抬手敲門，「季時予，你在裡面嗎？」

「進來。」

柔和的燈光照亮房內空間，他坐於書桌前，轉動座椅面向我。

電腦螢幕上，顯示著某間大學的官網，看來他是眞的在準備申請資料。

「怎麼了？」他輕笑，「不希望我退役嗎？」

我確實感覺心裡亂七八糟的，但一時也不清楚那究竟是種什麼樣的情緒。

「純屬好奇。」我淡淡說道。

季時予似笑非笑地瞅我一眼後，垂下視線，緩慢地轉動手腕，似在思索，又像在單純地放鬆。

他沉默半晌，壓低音量，雖是對我說話，卻也像在跟自己確認，「那妳覺得，我爲什麼要退役？」

「你有天賦，SH開的簽約金又高……就算不當職業選手，靠這張臉吃飯也不難，也許轉職當藝人，是個不錯的選擇。」我低聲道。

季時予眉眼染笑，似乎被我不太正經的建議逗樂了。下一秒，他忽然收斂神色，目光沉靜，帶著某種近乎專注的認眞，「但妳不是說，我所在的世界，對喜歡平靜的妳而言，太遙遠了嗎？」

我愣了一下。

去年那場冠軍賽結束之後，我的確說過類似的話。

季時予的世界太熱烈、太耀眼。他總是站在鎂光燈下，接受許多人的掌聲及喝采，而我只是個普通的小透明。

當時，我只是單純在陳述一件事實，並沒有別的意思。

「既然如此，那只能我過去了。」

輕描淡寫的一句話，使我的心跳驟然一頓，「什麼意思？」

季時予將手搭在桌沿，視線一刻也沒離開過我，語氣平穩得猶如尋常問候：「意思是，妳不需要仰望我，因爲我會過去，去那個有妳在的世界。」

喉嚨不自覺地發緊，我別開臉，故作淡定，「但你……你不是很喜歡打遊戲嗎？」

空氣中一陣靜默，直到他緩緩開口：「喜歡是一回事，能不能走一輩子，是另一回事。」

我有些茫然，這句話，分明是在說電競，但聽那語氣，隱約中感覺也像在暗指些……別的什麼。

「這幾年，我考慮了很多。」季時予語氣輕鬆，神情卻很認眞，「職業選手的生涯能有幾年？退役後，若不想當解說或教練，就得早點替未來打算。」

「你眞的想成爲一名教授嗎？」我問。

「嗯，先把博士念完，再拿下資格。況且……」他抬步朝我走來，停在距離我半步之遙的地方，微微傾身，勾起唇角，聲音低沉地道：「誰教我是哥哥呢，得照顧妳啊。」

溫熱的氣息撩得我心煩意亂，我後退幾步，直到背抵到門板，才驚覺自己無路可退。

「季時予。」我深吸一口氣，強迫自己冷靜，「我們沒有血緣關係。」

「我知道。」

「所以你別太認眞了。」其實我早已將他視作哥哥，會這麼說，是因爲我不希望他放棄當電競選手的原因裡，有一絲一毫是因爲我。

「徐苒，我們之間的關係，妳沒得選。」季時予卸下平日的從容，凝視著我的目光裡，似乎帶著一絲不知名的情緒，「妳可以不需要我，但我想爲妳做些什麼，是我自己的選擇。」

見他如此堅定的模樣，我的心臟像是被什麼輕輕觸碰了一下，卻不敢深究。

儘管這些年來，我們聚少離多，但只要季時予在，我就能感受到他無微不至的照顧。

他記得我說過的每一句話，記得那些微不足道的小事，也比任何人都懂我。

他不著痕跡地靠近性格慢熱的我，讓我習慣了他的存在。

我甚至想過，倘若季時予是我的親哥哥就好了，成爲眞正的家人，就不會產生不該存在的情感，就不必將這些情感，藏進無人知曉的夜裡。

法定親人的名義，像一堵無形的籬笆。

既然無法改變，又何必多想？

「你要去美國讀書，遠距離能做什麼？」我換上輕鬆的口吻，緩和氣氛。

季時予瞇起眼，說：「給我幾年的時間，我會盡快達成目標。」

在我反應過來之前，他已然走近，雙手捧起我的臉，緊接著，又輕輕掐了掐我的臉頰，「沒我的允許，不准被別的男人拐跑，聽到了嗎？」

我瞅著近在眼前的俊容，心臟沒來由地狂跳。

「你也管得太寬了吧？」我慌亂地撥開他的手。

他低低一笑，指尖輕滑過我的下巴，「當然要管。萬一妳被騙了，我還得收拾爛攤子。」

「放心，我眼光高，寧缺勿濫。更何況，我有個優秀的哥哥，哪怕沒人要也不愁沒人養，根本不急。」我轉身推開房門，邊走邊說，故作泰然，「就是不知道，教授這個職業，除了養老婆，還能不能養得起妹妹。」

季時予慵懶的笑聲於身後響起，「養妳？那這筆帳得算清楚點，妳打算怎麼報答我？」

我停下腳步，回頭瞥了他一眼，「嗯……等你讀完書，回來再說。」

季時予微微挑眉，輕笑一聲，「好，我記下了。」

# 第四章　妳躲什麼躲？

若有一個人，寧可辜負一切，只為了能擁有妳，妳會不會動心？

自從季時予遠赴美國，順利進入那間以資訊工程聞名的頂尖學府後，我們見面的次數，變得屈指可數。

過去他待在戰隊時，即便訓練再累，假期再短，只要不處於封閉訓練期，他也會想方設法抽空回家，和我見一面、吃頓飯。

但他重返校園後，彷彿將一天拆成七十二個小時來用，就連寒、暑假，他也安排了各式各樣的研究與學術計畫。

我一度懷疑，課業繁忙只是他疏於聯繫的藉口，直到後來才知道，爲了能在最短的時間內取得教授資格，他將自己投入無止境的論文發表與研究工作之中，還加入了系統研發團隊，日夜奔波。

那段日子，我們聯絡得並不頻繁。關於他的近況，我多半是透過媽媽與季叔叔在餐桌上的閒談中得知。

某天傍晚，我忽然收到他的訊息。

「算一下時差，妳現在應該放學了吧？」

「嗯。」對於他的不聯絡，我的心裡多少有些不滿，因此一開始回得冷淡。

「有好好吃飯嗎？」

「有。」

「吃了什麼？」

我漫不經心地敲下幾個字：「椒麻雞腿飯。」

「下次見面，如果我發現妳瘦了，那妳以後每一餐都要拍給我看。」

季時予什麼時候在意起這種雞毛蒜皮的事了？我皺起眉，隔了幾分鐘才回覆：

「物價上漲了。」

「那又如何？多吃一點，我養得起。」

奇怪的是，自那天之後，他開始不定時地傳訊息給我。

他會問我考試成績，問我參加哪些社團活動、有沒有交到新朋友等等。

「李采璇和陳品亦是怎麼樣的人？」

「一個有點吵，一個戀愛腦。」雖然有些愧疚，但這確實是我對她們的第一印象。

「妳喜歡她們嗎？」

我盯著螢幕，第一次認真思考這個問題。沉吟許久後，我才慢吞吞地打字：

「不知道，但我會期待她們來找我聊天。」

「那除了她們，妳還會期待誰找妳聊天？」

「你問這個做什麼？」

「確認一下，妳有沒有因爲太無聊，和奇怪的男人說話。」

我頓時無語，「……你現在就滿奇怪的。」

這句話發出去後，隔了幾個小時，他突然傳來一句與先前話題無關的叮嚀：「生理期快到了，別吃太多生冷的東西。」

我一怔，半晌後才意識到他是根據我過往的週期推算的。

「季時予，你眞囉唆。」國三時的那次經痛，我就不該請他幫忙買紅豆湯。

「沒辦法，見不到妳，我只能以這種方式照顧妳。」

我們的對話內容平淡無奇，但對話頻率卻異常得高。

我回得隨興，有時甚至已讀不回，但他從不催促，只是隔幾天後，又若無其事地傳來訊息。

有一回通話，季時予忽然問：「妳喜歡看電影嗎？」

「我會看電影。」我不熱衷，但也不排斥。

「如果有男生約妳看恐怖片，記得拒絕。」

「爲什麼？」

「追求人的手法太粗糙，我不同意。」

「這種事，好像不歸哥哥管吧？」我忍不住笑了出來，半開玩笑地問：「你是在說Fiz嗎？」

最近剛好有則娛樂新聞，拍到前NBTB成員Fiz於深夜時分在電影院約會。

「有沒有一種可能，其實是男生需要被保護？」

「那更不行。」他語調平淡，我卻能想像他皺著眉頭的模樣，「世道險惡，人比鬼可怕。連恐怖片都不敢看，怎麼保護妳？」

這句話讓我愣了愣，嘴角忍不住上揚，卻又故作正經地糾正道：「哥哥，你別那麼幼稚。」

「嗯，我是哥哥——」最後那兩個字，他念得格外清晰，「但不是妳以為的那種。」

我正要反駁，他便不疾不徐補上一句：「還是說，妳其實更喜歡『別的男人』來當妳的哥哥？比如……余力？」

都過去多久了，他怎麼還在計較這件事？

我輕咳一聲，岔開話題：「我們聊點別的吧。」

電話那頭傳來他的低笑，像是知曉我有意迴避，又故意不拆穿。

我們隔著十幾個小時的時差，在地球的兩端聊了一個多小時，卻盡是些無關緊要的小事。

掛斷電話後，我盯著螢幕，順手滑開對話紀錄，回顧過往的訊息。

我這才驀然發現，季時予的關心，早已在不知不覺間，一點一滴滲透我的生活。

不知從何時起，我習慣了他時不時傳來訊息的舉動，也習慣了這樣的陪伴。

那他呢？這些聯絡對他來說，又意味著什麼？

然而，在我理出頭緒之前，陳品亦一連串的求救訊息，便打斷了我的思緒。

點開一看，是幾道煩人的數學題。

我擱下心頭那些初萌的念頭，耐著性子教她解題，將若隱若現的情緒，暫且拋諸腦後。

✦

時間悄然從指縫間溜走，而一場令我手足無措的意外，也隨之到來。

高二那年，媽媽爲過勞猝逝的爸爸舉辦了一場簡單的葬禮。前來弔唁的人不多，儀式進行得很順利，安靜而平和。

那天，一個忙得腳不沾地，整日埋首於研究與論文之中的人，匆匆地趕了回來。

他穿著黑襯衫，領口繫著深色領帶，眉眼間有著抹不去的倦意。

「你不用特地回來的。」我輕聲說。

說得直接點，他與我爸爸，根本毫無關係。

季時予撐著一把傘，與我並肩站在雨中，他低頭說：「他是妳的爸爸。」

一句稱不上安慰的話，讓我紅了眼眶。

我已明白他的心意。

——他是妳的爸爸，而我是妳的哥哥，豈能置身事外。

這場葬禮雖與他無關，卻與我有關，所以他來了。

季時予總是這樣，話不多，但握著我的手卻始終沒有鬆開。那份來自掌心的溫度，像在默默告訴我：不論何時，他都會在。

儀式結束後，我們一同安置爸爸的骨灰。季時予叫了輛計程車，送我回家。沿途，他靠在我肩上睡著了，呼吸平穩，眉心因疲憊而微攏，額前的碎髮隨著車身的晃動輕擺。

我想起我們初見的那一天。

角色對調，畫面重疊，彷彿時光錯置，似舊夢重現。

時隔多年，萬物皆變，唯有身旁的這個人，不曾改變……

車停在家門前，見季時予也準備一同下車，我伸手按住他的手臂，「今天我們都累了，你先回去吧。」

他眼下那抹淡淡的烏青，勾起我心底的不捨，我是眞的希望他能好好休息。

他望著我，似乎有話想說，最終卻只點了點頭，低聲道：「我再找時間跟妳聯絡。」

幾日之後，他才向我坦言，那晚他離開後，便立刻趕往機場，飛回美國參加一場學術演講。

我本以爲，這次分別以後，我們或許要許久以後才能再見，然而不久後，他又爲了我，再次回來了。

爸爸去世後，媽媽希望我搬去和她與季叔叔同住，甚至和我說，他們有移民的打算。

每當她提起這個話題，我便會假裝沒聽見，不做任何回應。只是近來，她提起的頻率越來越高，而我也知道，自己遲早得面對。

那天，是我和媽媽約好見面的日子，由於她突然需要加班，於是讓我放學後先自己回家。

我知道她說的「家」，是指有季叔叔的那個地方，但對我而言，承載著我、爸爸和媽媽回憶的家，才是我真正想回去的地方。

媽媽下班後得知此事，便吩咐我收拾行李，到公寓樓下等她。

我拒絕了，不再回覆她的訊息，也不接她的電話。

當我端著煮好的泡麵走出廚房，把碗放上客廳裡的玻璃桌時，就見她推門而入。

她身穿一襲俐落的米白色套裝，妝容依舊完好，但神情略顯疲憊。

「小苒，跟我回去。」她溫柔的聲音裡，有種獨特的磁性，而儘管她語氣輕柔，我仍隱約感受到那話裡藏著一絲不容拒絕的意味。

我盤腿坐在地板上，舉筷夾起麵條，「我正在吃晚餐。」

她瞥了眼牆上的掛鐘，微微皺眉，顯然對我在晚上八點半才吃晚餐這件事，感到不高興。

她抿了抿唇，做了兩次深呼吸後才開口：「妳才十七歲，就算對我有怨言，也至少讓我照顧妳到成年，好嗎？」

我低頭吞下那口索然無味的麵後，抬起眼望向她，「是因爲愧疚嗎？」

她怔然，沉默許久之後，才無奈地說：「小苒……我知道，我不是個好媽媽，但我眞的盡力了。」

是眞的盡力了嗎？我垂下目光，回憶起過去的時光。

除了某幾次她臨時有事之外，每逢約定的日子，她便會準時出現在校門口。

她關心我的學業，帶我吃飯、逛街，確保我衣食無虞。生日蛋糕與禮物，也是一年不落。

她維繫我們母女關係的方式，是讓一切看起來像什麼也沒發生過——除了我們不再住在一起，除了她和爸爸不再是夫妻。

對我而言，從她選擇離開的那一刻起，這個家就已經改變了。

爸爸不擅長說甜言蜜語，也不會哄人，但他學會了再晚回家，也記得在冰箱裡放好隔天的早餐；我生病時，他手忙腳亂地煮薑湯，糖總是放得太多；我熬夜讀書時，他會把水果切得歪七扭八，然後默默放到我的旁邊。

我不知道媽媽心中理想的丈夫應該是什麼樣子，也不知道是什麼原因，讓她決意離開我們。

我只知道，爸爸才是眞正盡力對我好的人。

媽媽有嚮往的生活，有想追尋的愛情，我可以理解，但每次想起過世的爸爸，翻湧而來的情緒，都令我無法輕易原諒她當年的決定。

我想起她離開這個家的那天，給了我選擇的權利，而我沒有選擇她，如同她沒有爲我留下。

「妳所謂的盡力，爲什麼不是留下來，爲我守著這個家？」儘管感覺有些喘不過氣，我仍逼自己保持冷靜，「爸爸或許不懂浪漫，不夠風趣，可他至少盡力想給我們更好的生活……那妳呢？」

媽媽蹙緊眉心，閉了閉眼，似乎在整理情緒。

「妳做的一切對我來說都只是彌補，而我根本不想要，因爲那只會讓我覺得自己更可憐。」我忍不住開口道。

媽媽移開視線，深吸一口氣，聲音有些沙啞：「但妳是我女兒，這一點……無法改變。」

我勾起一抹苦笑，輕輕點頭，「所以，每個月的那兩個週末，我才會配合妳，依約前往。」

「說配合，會不會太傷人了？」她的聲音比方才還要大聲了一點，「小苒，妳——」

「媽，爸爸走了。」我打斷她，一字一句地說，「這一生，他爲這個家、爲了妳，做了那麼多，可最後卻那樣離開，妳……難過嗎？」

她微微一僵，喉頭滾動了幾下。

「以後，妳想見我，任何時間都可以。」我收回目光，垂下眼睫，「但搬去妳和季叔叔的家，跟著你們移民……不可能。」

直到聽見家門開了又關，我才垂下肩，撥弄碗裡的泡麵。

麵條泡爛了，湯也幾乎被吸乾。

我側頭靠在屈起的膝蓋上，驀然一陣鼻酸。

我努力憋住那股情緒，緩慢地吸氣、吐氣，反覆幾次。

待眼眶的熱意稍稍退卻，我才扯唇低笑，「看來，我遺傳到了爸爸的廚藝……連一碗泡麵，都煮不好。」

✦

發生爭執後的幾天，媽媽都沒有聯絡我。

我原本以爲，事情會就此告一段落，直到那天晚上……

我坐在沙發上，一手環抱著屈起的雙腿，一手握著遙控器，漫無目的地切換電視頻道。

夜色漸深，偌大的空間裡，靜得能聽見時鐘滴答作響。

門鈴在此刻突兀地響起，我下意識蹙眉，除了感到疑惑，還多了幾分警覺。

我悄悄起身，腳步放得極輕，走進廚房抓起一只炒菜鍋，慢慢靠近玄關。

當我正要湊近貓眼查看時，身旁的手機忽然震動起來，螢幕上跳出一個熟悉的名字。

我連忙接起電話，壓低聲音：「哥，剛剛有——」

「是我。」季時予說。

「……嗯？」我愣了一下。

「開門。」

原本緊繃的神經瞬間當機，「……你說什麼？」

「剛剛按門鈴的人，是我。」

「你不是在美國嗎？」我滿心困惑。

「我回來了。」

我突然覺得他是在開玩笑，於是湊到門邊，透過貓眼往外望。

門外的他，穿著一套簡單的運動服，肩背旅行袋，神情明朗。即使隔著一扇門，我依舊能感覺到那股熟悉又強烈的氣場。

我鬆了口氣，不解地問：「你怎麼突然回來了？」

「妳先開門。」

「你不是知道密碼嗎？」

在我還就讀國中的時候，某次爸爸出差，媽媽和季叔叔又正好出國旅遊，他們擔心我一個人在家會不安全，便特地將公寓的備用鑰匙與電子鎖密碼交給季時予。

那五天，他幾乎天天來報到，說要煮飯給我吃，結果差點把廚房燒了。

門外傳來季時予的輕笑，「妳都站在門口了，爲什麼不幫我開門？」

「不要。」我索性轉身離開，把炒菜鍋隨手丟在餐桌上，切斷通話。

不久，電子鎖發出解鎖聲，季時予推門而入，將行李袋擱在玄關的穿鞋椅上，目光落在蜷回沙發裡的我身上。他的語氣帶著一絲無奈：「原本想給妳個驚喜，結果變成驚嚇了？」

「這哪是驚嚇，是蓄意謀殺，我差點被嚇得心臟病發作。」我沒好氣地回道，「誰會大半夜跑來按門鈴？你回來也不先說一聲，以為我膽子有多大？」

他坐到我身旁，手肘支在膝上，側身看我，嘴角勾著一抹討人厭的弧度，「所以，只有遇到危險或特殊情況，妳才會喊我『哥哥』？平常不都直接叫名字？」

我瞪他一眼，沒理會這句調侃，抱緊靠枕問：「你回來幹麼？」

「周阿姨說，妳不肯搬去和他們一起住。」

難怪前陣子媽媽特別安靜，原來是去討救兵了。我冷冷一笑，「她每次搞不定我，就找你幫忙。這樣來回折騰，機票錢算一算，吵架成本也太高了吧？」

季時予沒接話，語氣難得嚴肅：「為什麼不告訴我？」

「又不是什麼大不了的事。」

「不是什麼大不了的事？」他眼中閃過一絲不快，「徐苒，妳是不是太習慣凡事都靠自己了？」

我低頭，悶聲不語，手指緊緊捏住靠枕的邊角。

「妳每個月都會來我家住兩個週末，我還以為妳已經慢慢適應了……為什麼最後還是拒絕？」

我沒有回答。

屋內靜得可怕，只有牆上掛鐘的滴答聲，如針落下般，一下又一下地戳著我的胸口。

季時予沉默片刻，放緩口氣：「是因爲徐叔叔嗎？」

他問得小心，卻仍觸碰到了我內心最敏感的部分。

我輕抿唇瓣，過了一會兒才淡淡開口：「一個人沒什麼不好，反正遲早要習慣的。」

學會面對那些無法阻止的離別，學會與孤單爲伍，也學會在寂寞中尋找安身之處。

他凝視著我，眸色深沉，「爲什麼？」

我拋開靠枕站起來，「因爲這世上，沒有什麼是永遠的。」

季時予拉住我，「那我呢？」

短短一句疑問，卻帶著無法忽視的重量。我呼吸一滯，喉頭緊縮，轉身往廚房走去，「你想喝點什麼嗎？」

「徐苒，別跟我來這套。」他的嗓音低沉，似乎在壓抑著什麼。

季時予太了解我了，他知道我有多麼倔強，也明白我習慣像寄居蟹一樣躲在自己的殼裡，寧可逞強，也不願讓人看見內心的軟弱。

他沒有逼我回答，只接著道：「妳知道我這個人有多固執吧？」

一旦認定，就會堅持到底，不論是成爲電競選手，還是成爲一名教授。

我無聲嘆了口氣，「我沒有排斥那個家，也並非對季叔叔有什麼成見，我只是沒想到，至今，我仍舊對當年父母離婚的事，感到難以釋懷。尤其是爸爸過世後，我……」既然他需要一個答案，那就給他吧，「我尊重，也接受媽媽的決定。追求愛情本身沒錯，但如果一段感情，必須建立在傷害、拋棄他人之上，那我不會做出那樣的選擇。」

「妳總說，自己早已習慣寂寞，不害怕孤獨，一個人也能過得很好。但我知道，妳只是因爲害怕再次受傷，所以才總和他人保持一定的距離。」季時予的聲音自我身後悠悠傳來，「妳不是問過我，知道我爸媽的事情後，花了多久才理解嗎？」

我未作聲，靜待他說下去。

「那段過程，比想像中漫長，可在某個瞬間，卻忽然就明白了。」他低沉而溫和的話語，緩緩地在寂夜中流瀉，「愛情有許多種模樣，無私的、寬容的、成全他人的愛……對多數人而言，都太過遙遠。」

這一席話，在我心中掀起陣陣波瀾。

「現在的我，更願意相信——愛，其實是自私的占有。」他輕笑一聲，其中似乎摻雜著一絲坦然。

「當你眞正愛上一個人，又怎麼可能甘心放手？你會不惜一切緊抓著他，只爲與他走到愛情的盡頭……無論那終點是幸福，還是毀滅。這才是眞實世界裡的愛，不是嗎？」

我轉頭怔怔地望著季時予，腦中思緒翻湧，尚未釐清他話裡的意思，那股屬於他的熟悉氣息便倏然包圍了我。

體溫隔著衣料滲入肌膚，存在感強烈得令人無法忽視，我呼吸一滯，整個人彷彿擱淺在某個不知名的情緒邊緣，進退不得。

「若有一個人，寧可辜負一切，只為了能擁有妳……」他語氣低沉，字字落地有聲，「妳會不會動心？」

那一刻，我感覺某種情感即將翻湧而出。我下意識轉身拉開冰箱門，想做點什麼，掩飾這措手不及的動搖。

「難過就哭，生氣就罵。在這種時候放縱情緒，並不代表妳懦弱。」季時予總能輕易將我看穿，他低緩的嗓音，道出直抵人心的話語，「徐苒，在我面前，妳不必故作堅強。」

「季時予，你不該回來的。」我哽咽出聲，「你根本就不該再管我！既不是愧疚，也不是同情，更不是補償，那為什麼一直這樣……」為什麼害我變得越來越脆弱，越來越想依賴你？

「曾經別無選擇的我，也想在某段關係裡，為自己做一次決定。」他頓了頓後，又說：「起初，只是因為，那個人剛好是妳，後來卻是慶幸。」

淚水占據我的眼眶，模糊了視線。

「所以，不為什麼。」他的聲音不大，卻很堅定，「只因為是妳。」

短短一句話，如重錘落下，敲垮我心底最後一道防線，壓抑許久的無助和委屈瞬間潰堤。

我低下頭，哭出聲來，淚水像斷了線的珍珠般滑落，肩膀止不住地顫抖。

季時予站在我身後，他溫熱的手輕輕握住我抓著冰箱門把的手，順勢將門帶上。

我抬起另一隻手，摀住滿是淚水的臉龐，不願讓他看見我狼狽的模樣。

他沒有多言，只是靜靜地、溫柔地，順著我的脊背，一下又一下地拍著。

我曾努力學著堅強，試著接受生活的冷漠與殘酷，戴上獨立的面具，一遍遍告訴自己：就算一個人，也能好好過日子。

然而季時予的出現，卻打破了我築起的高牆。

他的存在，讓我漸漸柔軟，甚至在不知不覺間，萌生不該有的期待——但願他能，永遠留在我身邊。

流淌的時間，爲夜色潑墨。

當我終於將積壓的情緒倒空，窗外也已萬籟俱寂。

我們並肩坐在沙發前的地毯上，季時予腿邊堆著一座由衛生紙團築起的小山。

察覺我悄悄投去的目光，他嘴角微揚，笑意自唇邊溢出，「沒想到妳這麼會哭。」

我也感到訝異，自己竟然能哭這麼久。大概是心裡堆積太多瑣碎又沉重的情緒，直到剛剛才終於找到出口。

我伸手想收拾那堆衛生紙，他卻搶在我前頭，三兩下便掃進一旁的垃圾桶。

「很髒欸……」我皺眉。

「哪裡髒？」他低笑，屈指滑過我的眼角與鼻尖，打趣地道：「又不是沒替妳擦過眼淚和鼻涕。」

月經來，痛得在床上打滾的時候，熬夜準備考試卻落榜的時候，每一次在他面前崩潰，我總能爲自己的眼淚找到開脫的藉口。

我將半張臉埋進屈起的膝蓋裡，悶聲不語。

季時予挑眉，目光含笑，「哎，我妹妹一拗起來還眞難哄。」

我鼓起雙頰，很想說「你該走了」，又怕被他說我忘恩負義，畢竟，他陪了我一整晚。

「你什麼時候回來的？」我悶聲問。

「今天。」他靠著沙發，姿態慵懶，「一下飛機就直接來找妳了。」

「你室友不會覺得你哪裡怪怪的嗎？」

「我們本來就各忙各的，偶爾消失個兩三天也沒人在意。」他語氣淡然，眼底泛著笑意，「不過這次出門，倒是被關心了一句。」

「那你是怎麼說的？」

他湊近了些，琥珀色的眸光在燈光下閃爍，「我說，擔心有個小笨蛋會哭成小花貓，所以得回來哄哄她。」

我一把推開他，瞪去一眼，「季時予，你別亂講！」

「我哪有？」他下巴朝垃圾桶的方向一抬。

我低哼，雖然氣惱卻無法反駁。

他望著我，聲音低沉溫柔：「現在還難過嗎？」

我搖了搖頭，「人不就是這樣嗎？總以為自己夠堅強，只要假裝無所謂，久了便能麻痺……可偏偏又會在某個瞬間，因為一句話、某個人，而忽然崩潰。」我抱緊雙膝，輕嘆，「但哭出來也好，心裡真的輕鬆許多。」

季時予未再多言，只是安靜地聽著。

「媽媽和季叔叔考慮移民的事……你應該知道了吧？」

「嗯。」

「那……他們移民之後，你還會回來嗎？」

人終有聚散，哪怕我們是名義上的兄妹，也沒有非得留在彼此身邊的理由。

季時予沒有立刻回答，而是緊皺眉頭。他的猶豫讓我有些後悔開口，於是我故作輕鬆地說：「其實你回不回來，好像也和我沒什麼關係——」

「妳就不能，為了我而移民嗎？」他看著我，眼神認真。

我不敢讓自己沉溺其中，只好移開目光，說：「我從小就在這裡生活，沒看過外面的世界，也不嚮往……」

其實我心裡很清楚，這些話，不過是冠冕堂皇的藉口。我太習慣現在安穩的生活，也找不到理由，讓自己鼓起勇氣，走出熟悉的生活圈。

將來，媽媽、季叔叔……還有季時予，都會待在美國。我們是名義上的一家人，那還需要什麼更明確的理由呢？

除非這樣的關係，對我來說，遠遠不夠……

季時予將我垂落在頰邊的髮絲輕輕勾起，溫聲開口：「我知道了。」

我微愣，抬眼看他。

「妳不必為任何人改變自己的決定，哪怕是為了我。」

我的心口泛起一股難以言喻的溫熱，正想說些什麼時，他的手機鈴聲卻恰巧響起。

季時予接起電話，以流利的英文和對方交談。他的語速不快，發音清晰，我卻因經驗不足，聽得有些吃力。

後來，耳邊的聲音漸漸飄遠，意識猶如一艘擺盪的小船，緩緩駛向夢境的彼岸……

醒來時，我枕在季時予的臂彎裡。他坐靠床頭，一邊環著我，一邊拿著手機，神情專注地打遊戲。

我打了個哈欠，視線瞥向他的手機，見螢幕上顯示著手機版《譽神》的對戰畫面。

或許是感受到我的動靜，他出聲笑問：「醒了？」

「誰允許你上我床的？」

他不疾不徐地調侃道：「上床這種話，別這麼輕易說出口。」

「你知道我不是那個意思。」我根本沒想那麼多。

我動了動，試圖從季時予懷裡抽身，卻發現他突然加重力道，像是根本沒打算讓我掙脫，「明明是你在占自己妹妹的便宜。」

他挑了挑眉，一臉無辜，「有人睡著後會亂抱東西，我也是迫不得已。」

我氣惱地伸手想掐他的腰，卻被他俐落地閃開了。

他眉眼間帶著調皮的壞笑，手上的動作卻絲毫未亂，仍精準地打出一套連擊，輕鬆收割敵方幾顆人頭。

我盯著手機螢幕，發現他隊友的ＩＤ有些眼熟，遲疑地問：「你在跟……余力他們玩？」

「嗯。」

我瞄了一眼遊戲介面左側，聊天區上的喇叭圖示，「那你怎麼不開語音？」

印象中，NBTB那群人，打遊戲不都習慣開著語音嗎？

之前看季時予跟他們組隊玩時，場內腥風血雨，場外廢話連篇，壓根就沒有安靜的時候。

「沒戴耳機，怕吵到妳。」

我猜，大概是累積多年的默契，讓他們即使不開語音，也能相互配合得很好吧……

「妳不繼續睡了？」

我沒回答，靜靜看著螢幕上那個走位靈活、出招精準的角色，心裡忽然湧上一股說不上來的感覺。

好久沒看季時予打遊戲了。

我原以爲自己對電競並不熱衷，他退役與否並不會對我產生任何影響。可現在，看著他操控角色時，那不經意透出的從容與自信，竟讓我感覺時光在瞬間倒流，心底不由得萌生一絲懷念。

手機版《讐神》的畫面依舊精緻，不輸電腦版。

在「浮世幻墟」的戰場上，每當雕像變換位置，周圍的地貌就會幻化成如湖面倒影般的虛擬影像——光影顛倒、上下翻轉，使人受困於真實與幻象交錯的迷宮之中。

我盯著畫面上那幾個隱身於白霧中、鬼鬼祟祟的身影，「他們在幹麼？」

「準備出賣我。」

「你怎麼知道？」

「想聽嗎？」季時予勾了下嘴角，「那我開語音了？」

我點點頭，「開吧。」

季時予揚起笑容，點擊螢幕上的喇叭和麥克風圖示，取消靜音，下一秒，原本靜謐的房間瞬間被吵雜的人聲填滿。

「Driv這傢伙到現在還沒死過，要不要來場假團戰真出賣？」Deen提議道。

「結果對面根本不敢上，懷疑他站著不動是另有陰謀，現在全躲起來觀望了。」

「我就說嘛，Driv這人看起來就滿肚子壞水，換作是我站在那，對面肯定早就衝過來了！」余力揶揄的話裡帶著幾分自嘲。

我忍不住輕聲一笑。

因而察覺Driv加入語音的Deen驚呼：「欸——我們的小時予居然開麥了？快點嚴刑拷打一番！」

「不是說要全程保持最高品質嗎？」

「搞不好是準備開麥罵我們這群狼心狗肺的傢伙。」Fiz笑著道。

「坦白從寬，抗拒從嚴，季時予，你自己選。」

季時予神色如常地出聲：「講什麼？」

「你出現在亞洲伺服器，代表你回國了吧？回來不約，這得解釋一下吧？」

「明天凌晨兩點多的飛機。」

我眉頭微蹙。現在離他搭上回程的紅眼航班，剩下不到二十四小時。

「這麼趕？」余力道，「你是把搭飛機當消遣，還是回國見女人的？」

季時予輕笑，「你滿腦子除了女人，沒有別的？」

「我比較好奇你現在人在哪？剛剛爲什麼不開語音？」Zephyrax問。

我心虛地縮進薄毯裡，拉高毯子遮住半張臉，深怕一個不小心發出聲音。

季時予卻毫不猶豫地說：「徐苒剛才在睡覺。」

「喔吼——季時予——」NBTB前隊員們七嘴八舌的聲音，在頃刻間湧入整個房間。

我的臉頰瞬間發燙，羞惱地轉身。

不久，房間又恢復寧靜。

季時予支肘側躺，從上方望向我，嘴角勾起一抹欠揍的笑意，「妳躲什麼？」

他伸手扯了扯毯子，「我問過妳了。」

我露出半張臉瞪他，「我是說可以開語音，沒叫你這麼誠實。」

「可我這個人，不太會說謊啊。」他笑得更欠打了些。

「季時予！」

我氣呼呼地轉身，作勢要揮掌，卻被他輕鬆攫住。

他握著我的手，索性躺下。

「……你這樣抓著我，是不打遊戲了嗎？」

季時予沒回應，我等了好一會兒，才抬起頭，對上他意味不明的目光。

「嗯，不玩了。」

「那他們……」四打五會輸吧？

「只能自求多福。」季時予說，「誰教他們惹妳不高興。」

「明明是你惹我生氣的。」

他笑了笑，閉起眼睛，看上去有些疲憊。

「你不要在我床上睡，很擠。」

「但我累了。」他懶洋洋的語氣中，有幾分撒嬌的味道。

「你剛剛打遊戲時明明很有精神。」

季時予裝睡裝得相當徹底。

我氣惱又無奈，直直盯著他，這才發現他眼下隱約泛著一抹青影。

一瞬間，我又忍不住心軟了。

季時予身上總帶著一股溫潤的木質調香氣，只要我靠他近一點，便能聞到。奇怪的是，我卻怎麼也想不起來，這股香氣是從何時開始出現在他身上的。

「怎麼了？」季時予忽然出聲。

我愣了一下，沒想到儘管他閉著眼，依舊能察覺我的注視。

「沒什麼，只是覺得你身上的味道很好聞。」

他低低應了聲，翻身躺平，垂至身側的手指，輕輕勾住我的小指。

昏黃燈光靜靜落在他的臉上，纖長的睫毛於眼下投下一道細碎柔影。他的呼吸沉穩平緩，整個世界彷彿都順著這節奏安靜地流轉。

此刻，我們躺在同一張床上，距離近得教人屏息。

身側的氣息，撩動胸口一絲無以名狀的悸動。我猶豫著是否該喚醒他，卻在伸手要碰觸他肩膀時停住。

幾經掙扎後，我決定放任自己與他一同入眠。

而自那日起，季時予身上的味道，就再也沒有變過。

# 第五章　哥哥的嘴，騙人的鬼

這次我回來，就不會再走了。

我完全不知道季時予是何時起床的。

他將我從睡夢中喚醒，催促我洗漱、換好制服。

聽見他叫我到客廳吃早餐，我不免有些擔心。

雖說現在的他，應該不至於把廚房炸掉，但他的廚藝……仍舊堪憂。

踏進客廳後，我看見擺在桌上的外帶紙袋，頓時鬆了口氣。

季時予從浴室出來，神清氣爽，身上還帶著淡淡的沐浴香，走過我身旁時，順手揉了揉我的頭髮，「發什麼呆？」

我含怨地瞥他一眼，整理被他撥亂的長髮。

他收拾好行李，拿出手機看了眼時間後，對我說：「帶去學校吃吧，再不出門就來不及了。」

我打開紙袋，朝裡頭看了看，裡面只有一份早餐，「那你呢？」

「我不餓。」他一邊回應，一邊檢查門窗，刻意留了點縫隙通風。

見他朝玄關走去，我問：「你要走了？」

季時予穿上鞋，站在門口回頭一笑，「送妳去上學。」

「拜託不要。」我不假思索地拒絕，「國中那次你來接我的場面，我可不想再經歷一次。」

他從行李袋裡拿出鴨舌帽和黑色口罩，在我眼前晃了晃，「這樣也不行？」

「萬一被同學撞見，就算沒認出你，也會傳出我交了男朋友的謠言。」

他聳聳肩，一臉無所謂，「這樣正好，順便幫妳攆走幾隻不長眼的蒼蠅。」

「季時予，我只想要一段平靜、低調的校園生活。」

安分守己地念書，順利畢業，考上理想的大學，這才是我的計畫。

季時予垂下眼簾，似乎在思考些什麼。那一瞬，他的表情拂過一絲若有若無的失落。

這是我第一次覺得，季時予像個需要被哄的大男孩。

「我放學就回家，要不……一起吃晚餐？」我終究還是敗下陣來。

他脫下鞋子，走到我面前，「我想吃妳煮的。」

「我廚藝不精，你吃了可能會肚子痛。」

「家裡有胃藥。」

「你怎麼知道？」我都快忘記藥箱裡放了些什麼。

他抬起我的左手肘，上頭貼著一片膚色的ＯＫ蹦。

「這裡有個小傷口，我趁妳睡著的時候替妳上了藥。」

季時予這個人，總是細心得教人無所適從。

穿上黑皮鞋準備出門時，我的心裡突然湧上一股淡淡的罪惡感，讓我無法就這麼把他丟下。

掙扎片刻，我背對著他，輕嘆一口氣，「太難的我不會。炒飯或炒麵選一樣，你先買好食材，不好吃我可不負責。」

到校後，我便沒再收到季時予傳來的訊息。

彷彿那十幾個小時不過是一場夢，他其實從未回來。

我難得在課堂上分心，筆記寫得潦草，塗塗改改，到最後，連我都看不懂自己寫了什麼。

下課時間，李采璇與陳品亦一前一後湊過來，眼裡多了幾分擔憂。

「徐苒，妳是不是身體不舒服？」

聞言，我愣了一下，這才發現陳品亦穿著運動服，跨坐在我前面的椅子上。

「沒有啊。」

「她剛剛在發呆，對吧？」她轉頭問李采璇。

李采璇雙手抱胸，饒有興味地挑眉，「有心事可以說，我們會守口如瓶，絕不外傳。」

「沒什麼祕密。」我側身從抽屜裡抽出下一節課要使用的課本，眼角餘光忍不住又掃了手機一眼。

「那肯定是生病了！」陳品亦嘀咕，伸手覆上我的額頭，測了體溫後皺眉，「好像也沒發燒啊……」

再不解釋，她們大概會把我拖去保健室。我撥開她的手，淡淡地說：「是我哥回來了。」

李采璇眼睛一亮，四處張望後壓低聲音道：「Driv？」

「嗯。」

「就這樣？」

我不明所以，「不然呢？」

李采璇剛升起的八卦之火似乎瞬間被我熄滅了，她嘆了一口氣，「那妳幹麼一臉爲情所困？」

有嗎？

我下意識摸了摸臉。

「你們吵架了？」陳品亦問。

「沒有。」

李采璇的眉眼垮了下來，顯然耐性盡失，「那妳倒是快說啊，怎麼回事？」

我想了想，才道：「就是……有點好奇他現在在做什麼。」

她們同時愣了一下。

李采璇扶額，「我還以爲妳遇到什麼大事……」她按著眉心，「我是不曉得你們兄妹倆有多親近啦，但我巴不得封鎖我哥的通訊帳號。」

「他明天凌晨的飛機。」我說。

「明天？」陳品亦皺起眉，「他什麼時候回來的？」

「昨天。」

「哇——」她瞠大眼睛，一臉驚奇，「小苒，妳哥好有錢喔！」

李采璇聞言，立刻翻了一個大大的白眼，我嘴角也抽動了一下，實在不知道該說些什麼。

「愛情果然是毒藥，會讓人變笨。」她搖頭吐槽。

尾音甫落，陳品亦立刻捏了她一把，逼得她跳開，躲到我身後。

「李采璇，有本事就別跑啊！」

兩人吵鬧了一陣子，最後李采璇懶得再逃，揉了揉手臂，輕嘖一聲，目光重新落在我身上。

她回歸正題：「妳既然這麼在意，不如請假回家陪他？」

「可是……」我還在猶豫。

「別可是了。」她擺手打斷我，「妳成績好，又從沒請過假，老師不會多問的。」

「對啊，離放學只剩兩節課，請個假沒什麼。」陳品亦附和。

在我反應過來之前，她們已經一搭一唱，幫我編好請假理由，還替我向老師請好假了。

在她們的幫助下，我順利離校。

我走在回程的街道上，心底忽然浮現一股難以言喻的惆悵。

自從季時予頻繁地出現在我的生活裡之後，我似乎越來越習慣爲他打破原則，甚至一次次地做出不符合我個性的決定。

這樣的改變究竟是好是壞，我也不知道，但……

我想，即使重來，我仍然會做出一樣的選擇。

家裡靜悄悄的，只有廚房傳來些許細碎聲響。

我走近一看，季時予站在料理臺前，笨拙地剝著洋蔥皮，連可食用的部分也被他扯落大半。他眉心緊皺，似乎被嗆人的辛味熏得眼睛發紅。

「你再這麼剝，這顆洋蔥就報銷了。」我說。

他聞聲回頭，見到我時眼底掠過一抹驚喜，「放學了？」

「請假了。」

「爲了我？」

「就……有點擔心。」

「擔心我？」他笑得燦爛。

我朝桌上的食材揚了揚下巴，「擔心食材。」

他不甚在意地聳聳肩，「我想先備料，等妳回來就能直接下鍋。」

料理臺上擺著洋蔥、雞蛋、番茄和一堆調味罐，看樣子是打算——「你想吃番茄蛋炒飯？」

「嗯哼。」

其實早上讓他選炒飯或炒麵，是因爲我覺得這類料理應該不難，跟著食譜依序下鍋、拌炒均勻就好，不至於太糟。可如今眞要動手，我才發現自己比想像中更沒把握。

話已出口，覆水難收，我現在也只能硬著頭皮上了。

我走上前，接過他手裡那顆被折騰得慘不忍睹的洋蔥，「我來吧。」

「好。」他退到一旁洗手，接著靠在櫥櫃邊看著我。

我瞥了眼手中的洋蔥，決定暫且擱置，反正我也不喜歡，乾脆不放了。

我拿起番茄，在上頭劃十字，川燙去皮後切丁，再將雞蛋打散。動作算不上熟練，卻也不至於手忙腳亂。

季時予安靜地看了好一會兒，忽然問：「妳經常下廚嗎？」

「不常。」我一邊動手，一邊回道，「小時候喜歡看媽媽做飯，偶爾幫忙切點菜，學了一點皮毛。所以結果怎樣……不保證。」

「那這道菜，妳做過嗎？」

我以沉默代替回答，轉身從冰箱裡拿出隔夜飯。

在我準備啟動爐火時，季時予突然伸手制止，「等等。」

我抬眼，疑惑地看向他。

他轉身取下掛在冰箱旁邊的圍裙，正當我伸手要接時，他卻抬起手，將背帶輕輕套過我頭頂。

「轉過去。」他說。

我順從地轉身，他將垂落於兩側的綁帶繞向我腰後，指節不經意地輕觸背心布料，動作輕緩地綁了一個結。

一瞬間，我的心跳慢了一拍。

我告訴自己別多心，可不知爲何，今日的氣氛就是比平常更微妙了些。

他的氣息籠罩在四周，每個緩慢又輕柔的動作，都在不動聲色地牽引我的情緒，而那若有似無、拂過頭後的溫熱鼻息，更是撩撥著我每一根敏感的神經。

「好了。」他低聲開口，像是貼著耳畔輕語，帶出一陣酥麻的癢意，令我不禁縮了縮脖子。

「怎麼了？」

我搖了搖頭，默默開火。

倒油、炒蛋、翻炒番茄，一切憑直覺進行。

待番茄炒出湯汁後，我將冷飯倒入鍋中拌炒，接著灑鹽調味，再翻炒幾下，舀了一口，遞到他嘴邊，「試試。」

季時予俯身淺嘗後，抿唇不語。

「怎麼了？」我邊將炒飯盛盤，邊歪頭看他，卻見他神色古怪。

下一秒，他舉起手背掩住唇角，忽然放聲大笑：「哈哈哈哈——」

我一頭霧水，停下動作。

季時予抽走我手裡的盤子擱到一旁，將我困在流理臺和他之間，笑得眼角眉梢都彎了起來，「這吃完，我大概要去洗胃了。」

我又氣又窘，看著那盤色澤正常、香氣四溢，蛋與番茄比例恰當的炒飯，感到疑惑。

我推開季時予，拿起湯匙舀了一勺入口，立刻緊皺眉頭。

天啊，鹹得嚇人！

我不敢置信地檢查調味罐，這才發現，剛才用的是未經研磨的粗鹽。

「你還笑得出來。」我忿忿不平地瞪著他。

他收斂了點笑意，慢悠悠地搖晃那罐粗鹽，「炒飯的外觀滿分，至於味道嘛……只是小小的技術性失誤，別太灰心。」

我瞪著季時予，氣惱地說：「早知道就不該答應你下廚，這一鍋全浪費了。」

「可見妳做飯時有多不專心。」他靠著牆，雙手插進褲袋，「妳剛才在想些什麼？」

我賭氣地回道：「在想我餓了，幹麼不直接叫外送。」我掏出手機，打開外送平臺。

他趁我低頭點餐的空檔，從我身旁繞過，又吃了幾口炒飯。

我一把按住他的手，「你瘋啦？」

他先是看向我按在他手背上的手，接著視線緩緩上移，直到與我對視。

「季時予，你這趟回來到底怎麼了？」我不解地問。

先是因爲我不肯搬去和媽媽同住就從國外飛回來，賴在我床上睡了一晚，隔天又買早餐、說要送我上學，甚至要求我下廚……這些舉動，一個比一個讓人費解。

季時予臉上的笑意逐漸淡去，神情變得難以捉摸。

他偏著頭，燈光勾勒出側臉的輪廓線，柔和了那眉眼的銳利，我不由自主地覺得，此刻的他相當陌生。

我原本以為，只要我們保持聯絡，即使身處兩地，彼此間的關係也不會變得生疏。而見他為了我從千里之外趕回來，我甚至偷偷地想，我們比以前更加親近了。

可現在，我不那麼確定了……

我喉嚨發緊，想收回手，卻被他緊緊握住。

空氣悄然升溫，一股無形的張力彌漫在我們之間，灼燒著原本安穩的界線。

「你先放開我。」我嗓音低啞，心跳聲在耳邊轟然作響。

季時予以指腹輕輕摩娑我的手腕，他視線低垂，神情專注，令我難以揣測。

當他再度抬眼，方才的壓迫感如退潮般緩緩消逝，只留下溫熱而曖昧的餘波在我們之間漫開。「徐苒，如果接下來，我們有很長一段時間無法見面……妳會怪我嗎？」

我心頭一震，呼吸遲了半拍，「你要去哪？」

「回美國。」

「那為什麼——」

「我想盡快達成目標，只有全心投入，才有可能。」他頓了頓，眼中閃過些許遲疑，「可能會有很多時間無法顧及妳……但我不希望，我們因此變得疏遠。」

我怔然，還以爲是什麼天大的事，結果……竟是這樣？

「不用顧慮我。」我不想成爲他的負擔。我抽回手，平靜地開口：「你不是說，想當我的哥哥嗎？」

季時予沒說話，僅低低笑了聲，輕得像是壓抑不住的嘆息。

我沒多想，或者該說，我不敢去想。

我一直提醒自己，不該依賴季時予，卻仍在不知不覺間習慣了他的存在與陪伴。也許是因爲，無論距離多遠，他總會透過某種方式，讓我覺得自己從未被他拋下過。

這趟他回來，流露出有別於以往的情緒及反應，令我察覺其中的變化。

然而這些，皆已無需深究，因爲我已經決定，要和季時予成爲那種，即使不在身邊，也能互相關心、彼此牽掛的家人。

「好，我接受了。」我向他揚起微笑，「哥哥。」

✦

季時予回美國後，我們依舊保持聯絡。

他經常催我報備三餐，而我也習慣在入睡前收到他的晚安訊息。

儘管身處異地，生活節奏截然不同，我們卻在無聲的共識中，維繫著那層以「家人」爲名的牽絆。

而時間，則在這樣的互動中悄然流轉。

升上高三後，升學壓力占據我大半心神。我本就不太在意生日，這回更是將其拋諸腦後，忘得一乾二淨。

若非清晨收到媽媽與季叔叔傳來的祝福訊息，再加上一筆來自海外、作爲禮物的款項入帳，我大概完全不會想起來。

我如常地上學、補習、回家。

李采璇和陳品亦準備了禮物給我，但由於模擬考將至，無法一同慶祝，因此我們相約考完試後再補過。

吃完晚餐後，我照計畫繼續複習，夜裡，一通陌生來電打破沉靜，是貨運司機通知我領取包裹。

下樓簽收時，我注意到包裹上印有季時予的英文名字。

牛皮紙袋不大，我捏了捏，感覺裡頭裝著一個小巧堅硬的物品。我未立即拆封，而是決定等讀完書再看。

複習結束後，我洗了澡、吹乾頭髮，坐在床邊拆包裹。袋子裡，只有一個灰色絨布盒。

「好歹也寫張卡片吧……」我嘀咕，手指輕推盒蓋。

絨布襯底上，一條玫瑰金項鍊安靜地躺著，墜飾是一朵精緻小花。

我盯著那朵花看了許久，卻辨別不出那是什麼品種，於是拿起手機，想上網搜尋。

就在這時，螢幕跳出幾則季時予傳來的訊息。

「公寓沒有管理員能簽收包裹，平日妳又要上學、補習，我只好寄給Fiz，請他抓準時間安排快遞送過去。」

「收到了嗎？」

「喜歡嗎？」

文字訊息之後，是一則語音訊息。

「Happy birthday to you……」

季時予的嗓音低啞，帶著些許倦意，卻溫柔得似夜裡飄落的微光。

他唱得很輕，彷彿怕吵醒誰一般，唯有最後那句話格外清晰且緩慢：「徐苒，生日快樂。」

我看了眼時間，推算兩地時差，忽然想起他幾天前曾提及的論文截止期限。

即便再忙，他仍未忘記爲我準備禮物，還特意委託他人，細心地安排寄送時間，只爲讓我在生日結束前收到祝福。

就像往年一樣。

季時予的這份心意，在我的胸口化作一股溫熱，卻也隱約泛起些許疼痛。如同熨燙過的襯衫上，一道無論如何也壓不平整的摺痕。

那晚，我沒再查那朵小花的名字，只是將項鍊仔細收進衣櫃最底層的抽屜，關燈躺下，然後在黑暗裡，一遍又一遍地聽著那段語音，直至睡意將我完全吞沒。

生活依舊馬不停蹄地運轉。

高中最後一年，學業壓力迫使學生們不得不捨棄社團活動，所有人都像滾輪上的倉鼠，日復一日地奔跑，只爲追趕那從不爲誰停下腳步的時間。

我、陳品亦與李采璇自倒數百日以來，幾乎一睜眼就按表操課。上課、晚自習、補習班、圖書館……不是在考試，就是在準備考試。

雖然我們都選擇留在同一座城市，但由於志向各異，各自塡報的科系與學校也有所不同。

遞交志願表的那天，李采璇笑著說：「上大學之後，我們就要開始跨校維繫友情嘍！」

準備考試的日子宛如一場持久戰，而我與季時予之間的聯繫也變得越來越不固定。

直到某日，一則偶然聽聞的八卦，無聲地切斷我們僅存的聯繫。

那天早晨，我和陳品亦提著早餐，並肩走在通往學校的路上，經過熟悉的早餐店時，幾位學弟妹聚在門口，熱絡地聊著天。

他們的音量不大，雀躍的話語如訊號不良的收音機播出的廣播，斷斷續續飄入我的耳中。

起初我並未在意，直到那個名字出現在對話中，我才下意識放慢腳步，將目光轉向他們。

「你們有看到嗎？那張Driv被爆料的圖書館照……」

只見幾個人圍著手機，低頭湊在一起，熱烈地討論。

「有啊！雖然拍得有點糊，但應該是他沒錯。」

「可能是角度問題吧？但那女生靠得超近欸……」

「欸，就算Driv真的有對象，他也不可能公開啦，畢竟粉絲那麼多……」

我停下腳步，指尖輕攏外套袖口。

「怎麼了？」陳品亦疑惑地望向我。

「沒事。」我搖了搖頭。

隨著我再次邁開步伐，身後的聲音變得越來越微弱，但他們的對話卻在我的腦海裡揮之不去——

「Driv不是退役了嗎？有對象也沒差吧？」

「退役又不影響人氣，《譽神》傳說，這封號可不是假的！」

「對啊，前陣子Fiz受訪，主持人還有提到他。」

「你說Fiz轉教練後的首次專訪？」

「對！他們聊到Driv之前代言耳麥時，被要求進行測試，他直接請Fiz當場清唱一段。那次超尷尬的！」

「我有看那場！聊天室炸裂，一堆人說Fiz搶風頭。」

「也不能怪他吧，Driv不唱，他幫個忙還被罵。」

「眞的假的？爲什麼不唱啊？」

「不知道，Fiz沒講，可能純粹是Driv不喜歡吧……」

接下來的對話，因距離拉遠而逐漸模糊。我提著早餐袋的手，不自覺地收緊了些。

Driv不唱歌，但他卻在我生日的時候唱了歌。

他低聲哼唱的旋律，以及那句輕柔的祝福，依然清晰，恍如昨日。

進教室後，陳品亦趁早自習開始前，迅速地拿出早餐。或許是見我若有所思，她咬著厚片吐司，含糊地問：「小苒，妳怎麼了？」

「沒什麼。」我笑著搖頭。

消散不去的疑問，如種子一般，落在心底，悄悄萌發。我既說不出口，亦難以釐清，所以只能選擇逃避，盡可能不去觸碰任何有關季時予的消息。

✦

高三下學期，我憑藉學測成績，以及兩年多來始終維持校排前五的表現，順利透過繁星計畫，錄取景大資工系。

相比之下，李采璇和陳品亦就沒那麼幸運了。

爲了準備面試資料，陳品亦幾乎天天泡在圖書館裡，臉上總是掛著倦容；李采璇則因學測失利，得咬牙撐到七月的分科測驗。隨著日子一天天地倒數，她肩上的壓力幾乎要具象化了。

幸好，最終我們都如願申請上理想的大學。

高中三年的光陰，猶如指尖輕拂而過的微風，悄然帶走了所有的青春與憧憬。回憶的書頁，細緻地描繪出我們從青澀懵懂，到逐漸蛻變的模樣。

如今再次翻閱過去那些片段，儘管字跡已略顯模糊，卻處處埋藏著告別的伏筆，催促我們走向嶄新的篇章。

終於，我們還是迎來了畢業典禮。

鐘聲響起時，整座校園彷彿成了即將落幕的舞臺，畢業生們三三兩兩地聚集，在快門聲中笑談回憶。

氣氛既輕鬆又帶著一種不眞實感，好似時間也在此刻按下了暫停鍵，只爲見證這段旅程的終點。

媽媽和季叔叔因爲移民簽證程序的相關規定，沒能回國參加我的畢業典禮。季時予則因爲要參加一場重要的研討會，早在幾天前就傳訊通知無法出席。

我並沒有感到特別失落。對我來說，畢業不過是求學生涯中的一個逗點，無須刻意張羅慶祝。

途經中央噴水池與穿堂，我獨自走向校門口，等待陳品亦與李采璇前來會合。

她們一個忙著拿畢業紀念冊給其他同學簽名，另一個跑去找班導拍照留念。

人群來來往往，有人興奮地討論聚餐行程，有人相擁哭著道別。每個人的臉上都寫著對離別的不捨，唯獨我像個局外人，游離於畢業氛圍之外。

突然，不遠處傳來一陣騷動。

「哇！那是Zephyrax跟Deen嗎？」

「他們來我們學校幹麼？」

同學們的驚呼聲令我抬起頭，只見兩位身形高瘦、戴著墨鏡的男子站在人群中。他們先是張望一會兒，接著踏著輕快的步伐朝我走來。

Zephyrax率先摘掉墨鏡，向我揮手，他笑容明朗，一排潔白的牙齒襯著黝黑的膚色，像從卡通頻道裡走出來的肯尼娃娃。

他還未走近，便熱情地喊道：「妹妹，畢業快樂啊！」

同行的Deen抱著一大束包裝精緻的紅玫瑰，剛走到我面前，就迫不及待地把花塞進我懷裡，「這是Driv交代我們送的，他怕妳畢業連朵花都收不到。」

Zephyrax用手肘頂了他一下，「喂，Driv哪有說過這種話，他明明是說人來不了，至少要有點表示。」

話音剛落，原本只是因爲NBTB前隊員現身而引發的竊竊私語，此刻因我的身分被點破，瞬間轉爲難以抑制的騷動。

「徐苒眞的是Driv的妹妹？」

人群中，有個男生的驚呼像劃破背景音的箭，刺穿現場的喧鬧。

Zephyrax眨了眨眼，一臉無所謂地笑著，「欸嘿？這不是大家早就知道的事嗎？」

嗯，看來並非如此。雖說我和Driv是兄妹的消息，曾在八卦板上浮現過幾回，但在這所學校裡，沒有任何一個人直接開口問過我。

「徐苒，這什麼情況啊？」李采璇的聲音從旁響起，她三步併成兩步地趕來，眼睛睜得大大的，裡頭藏著幾分看戲的興奮。

陳品亦緊隨其後，壓低音量在我耳邊問：「小苒，那兩位就是Zephyrax和Deen嗎？」

我點了點頭。

「是妳哥叫他們來的？」她望向四周，目光掠過逐漸圍攏的人群，眉頭輕蹙，「他有必要做到這種程度嗎？」

她好奇歸好奇，但語氣裡更多的是無法理解的疑惑，畢竟她和李采璇都知道，我與季時予已有好一段時間沒聯絡了。

我抿了抿唇，沒回話，只是低頭看向懷裡那束過於張揚的紅玫瑰。

李采璇伸手撫過花瓣，忍不住笑出聲，「哈哈哈哈……但誰畢業典禮會送紅玫瑰啊？我還是頭一回看到！」

「季——」我剛啟唇，便驚覺不妥，改口問：「是Driv說要買紅玫瑰的嗎？」

Deen搔了搔頭，略顯尷尬地解釋：「我打電話去訂花，店員問是要送給誰的，我當時正在忙，隨口說，要送給一位許久未見，但很重要的女生。」

「那傢伙還補了句『價格不限』，結果就變成妳手裡這一大束了。」Zephyrax接著說，語氣中帶著幾分無奈，換來Deen的一記白眼。

兩人對視了一會兒，像在進行一場無聲的交流，接著不約而同露出「完蛋了」的表情。

Zephyrax雙手抱胸，搖頭嘆息，「早勸你別跟Driv那變態玩《響神》新出的二對二娛樂模式，他連拎個沒什麼攻擊性的余力，都照樣把我們打成渣。現在倒好，願賭服輸幫他跑腿，還不小心搞砸了，未來堪憂啊……」

「送什麼花有差嗎？」Deen忍不住嘀咕，「重要的是，我們把他的心意帶到了。哎，講眞的，那瘋子當年還曾經凌晨四點把我從夢裡挖起來，就因爲他記得我有個認識的甜點師是他鐵粉，硬要我給聯絡方式，說想帶妹妹去買草莓蛋糕。我一聽就覺得他根本——」

Zephyrax忽然大笑，用力拍了拍Deen的背，顯然是想分散我的注意力。

「草莓蛋糕……」我低聲重複，驀地想起幾年前和季時予的那場賭局。

我就知道有詐！

我皺起眉，正想追問更多細節時，一旁忍笑到發抖、貼著我狂震的李采璇突然道：「NBTB的隊員也太有趣了吧！哈哈哈——妳哥是什麼妖魔鬼怪嗎？瞧他們怕成這樣！」

「眞的是魔鬼，別被他對外的營業形象給騙了。」Zephyrax打了個哆嗦，「他在戰場上的碾壓力，能讓人懷疑人生……」

Deen抹了把臉，誇張地說：「搞不好還會懷疑自己根本不該出生。」

「罵人不帶髒字，搞事不嫌事大。」Zephyrax壓低音量道，「幾年前，我們後援會某位幹部被其他戰隊的隊長玩弄感情。Driv知道後，設局讓對方自曝惡行，而對方的戰隊得知此事後，便將他開除了。」他裝出一臉可憐兮兮的模樣，「現在妳們知道，Driv認眞搞起事來，有多可怕了吧。」

李采璇聽得津津有味，眼裡迸出對季時予的欣賞，驚嘆道：「哇喔，徐苒，妳哥也太帥了吧？」

幾句閒聊完，陳品亦回歸正題，小聲建議道：「小苒，要不要傳個訊息給妳哥？」

我沒回答，抱緊了懷中的花束，像是想把紛亂的情緒一併箍住似的。

李采璇輕咳一聲，收斂笑意，可語氣仍帶著幾分揶揄：「Driv還是有用心的，雖然沒顧慮到妳低調的性子……」她掃了一眼四周的目光，「但好在我們都畢業了，問題不大。」

她說的我都知道，只是……這段日子的疏離，已經讓我與季時予之間的關係，變得微妙又陌生。

起初，是因爲彼此都在爲各自生活而忙碌。

他有許多學術論文要完成，我則在爲升學考試全力以赴，於是，那些無暇顧及與回應的訊息，便在更迭的時光中被遺忘。

如今，見到他託前隊友們，送來這樣一束隆重的花，祝賀我畢業，比起感動，我的內心更多的是難以言說的複雜情緒……

我看見的，不只是花與祝福，還有那段我們逐漸走遠的空白歲月。

後來，我還是沒有主動聯絡季時予。

我原以爲，會在畢業典禮那晚接到他的電話，或者至少，一則簡短的訊息，然而，什麼都沒有。

就這樣，一天、兩個月、半年……待到暮然回首，那些數不清的日子，也已在眨眼間，被時光無情地捲走。

我並不清楚是誰先疏遠了對方，也許是他，也許是我，又或者，是我們都不再主動聯繫對方，任由空白將彼此推得越來越遠。

有時候，我甚至會想，也許這就是我們的命運，我們本就該回歸各自的軌道……

上大學後，媽媽正式將當年爸爸留下的遺產轉交給我。

她幫我安排好了財務分配，從每月的生活費、應急預備金，到定期存款，一切都井然有序，讓我能無後顧之憂地面對未來。

「這樣妳一個人在國內才能安心讀書，我才放心。」她的語氣溫柔，卻藏不住那些微的鼻音。

我應了一聲，直到掛斷電話，才發現內心深處某個角落彷彿已被掏空，冷風從縫隙中肆意灌入，一寸寸割裂胸口，似在無聲嘲諷著我的孤獨。

不久後的某個雨天，我的手機不小心掉到地上，螢幕碎裂成蜘蛛網狀。我送去維修時，店員看了看後建議：「妳這臺用快四年了，換螢幕的錢還不如直接買一臺新機吧。」

於是，我在來不及完整備份資料的情況下，換了手機。

那一刻，我與季時予之間僅存的聯繫，也被一併剪斷。

我們最後聊了些什麼？又是誰先沉默的？全部，都隨著對話紀錄被清空，而無從追溯。

不斷前進的時間將一切沖散，乾淨得足以令我再次習慣沒有季時予的生活。

至少，我曾這麼以爲。

# 第六章　季教授是大家的

「愛情」之所以美好，不是因為它從未讓人受傷，而是即使經歷無數的心碎與失去，人們仍會因為愛，而勇敢地相信對方。

某天，媽媽將季時予的航班資訊傳給我，卻隻字未提原因。

季時予那股「要做就做到最好」的狠勁，讓他連取得教授資格的速度都快得驚人。我甚至不曉得他究竟是何時完成博士學位，又在何時決定來到景帝大學，於資工系任教。

我知道他已經回國，卻沒想過，會在隔天就接到他的來電。

因此那晚，當手機螢幕顯示那個許久未見的名字時，我才會愣住。後來發生的一切，更是完全出乎我的預料。

「Driv將在計算機網路課程授課」的消息，不出幾日便在資工系，甚至是整座校園掀起騷動。

我來不及細想，若我們之間的關係不慎曝光，會引發怎樣的連鎖效應，開學後的第一堂課，便已來到。

走在景帝大學的迎賓大道上，兩側槐樹枝繁葉茂，綠意未褪。陽光穿透枝隙，灑落斑駁光影，鋪展在腳下的石磚路上。

行經活動禮堂、籃球場與商學院，一條文化長廊貫通全區，最終連接至理工學院的核心地帶。

花卉於圓形花壇中盛放，一幢幢教學大樓穩固矗立，見證一代又一代莘莘學子的青春。

這座校園，孕育出無數響亮的名字——

去年憑一紙建築設計奪下國際大獎的梁熙；即將登上日本家居雜誌專訪版面的趙織光；甫獲青年建築獎的新銳白逸；在校時期風光無限，後來卻轉行開咖啡店的法律系高材生牟毓鵬。那間店在他的經營之下，現已成網紅朝聖地，門庭若市，聲勢不減當年。

他們都曾在這裡，寫下自己精彩的故事。

踏上資工系本館的階梯時，耳邊忽然傳來一道熟悉的男聲。

「學妹，剛開學不久，怎麼就一副心事重重的樣子？」

我轉身，看見帶著溫和笑容，站在晨光裡的林育誠。

他是我去年在學術交流會上，透過直屬學姐介紹認識的大四學長。

我們相處還算融洽，交換了聯絡方式，偶爾會討論程式設計，逢年過節也會互傳幾張祝賀貼圖。

上回我在和陳品亦、李采璇視訊時，謊稱他是我的「一夜情對象」，是爲了掩飾我與季時予之間發生的事，如今他毫無預警地出現在眼前，令我不由得感到一陣心虛與尷尬。

林育誠抬手朝我晃了晃，「學妹？」

「沒事，只是突然有點想蹺課。」我隨口回答。

「蹺課？」他挑了挑眉，眼神裡帶著幾分難以置信，「哇……這可不像每學期都領獎學金的人會說的話。」

我揚唇失笑。

「是什麼課讓妳如此苦惱？」他好奇地問。

「計算機網路。」

他聞言微頓，像是想起什麼似地道：「聽說許教授前陣子出車禍，還在休養復健……所以，真的換成Driv接手了？」

我略微訝異地點頭，「學長也知道他？」

林育誠看起來不像是會打遊戲的人，倒比較像熱愛攀岩、溯溪的戶外型男孩。

他笑了笑，「當然知道啊，SRG的傳奇人物，怎麼可能沒聽過？」他稍稍頓了一下，又道：「不過我不玩遊戲啦。」

在我開口詢問他怎麼知道Driv之前，他已先一步解釋：「我比較喜歡挑戰極限運動之類的，總覺得，人在懸崖邊緣，才會看見自己真正的極限。」

我安靜地聆聽他談論興趣，偶爾點頭回應，有時只是含笑以對。

「不過，Driv居然會變成我們系上的教授，這算是……驚喜？還是驚嚇？」他語帶笑意，「畢竟，從來沒有哪位教授像他這麼有話題性。不光資工系，聽說連其他科系的學生，也都想來旁聽。」

我環顧四周，果然，走廊上確實有不少非本系的學生徘徊，還有人站在教室門口探頭張望，顯然是爲了一睹傳說中「天才選手」的風采。

季時予還是和從前一樣，哪怕卸下了職業選手的身分，依舊難掩光芒。

我們邊走邊聊，直到林育誠在某間教授辦公室前駐足，「我得進去找指導老師談論文的事，妳也該進教室了吧，妳不是都會提早進教室嗎？」

我微微一怔，他怎麼知道？

察覺到我的疑惑，他擺手解釋：「我不是刻意打聽的……只是，還沒認識妳之前，碰巧看到幾次。」說完，他有些羞赧地撓了撓脖子。

林育誠的靦腆，令我興起一絲惡作劇的念頭，故意打趣地問：「我說什麼了嗎？學長怎麼臉紅了？」

被我這麼一講，他耳根子徹底紅了，連帶側臉也染上一層微熱。

望著這樣的林育誠，我心頭竟浮現另一張熟悉的臉龐。

在季時予面前，我是否也是如此？

他的一句話、一個眼神，都能讓我在不知不覺間亂了心神。

「學妹……」林育誠忽然收起笑意，語氣一轉，少見的認眞了起來，「改天有空，我們一起吃個飯，好嗎？」

我點頭應道：「好啊。」

他隨即露出燦爛的笑容，在耳旁比了個「六」的手勢，輕晃幾下，「那我再打給妳約時間。」

我目送他走進辦公室，直到門闔上，才收回視線，轉身朝教室的方向走。

林育誠說得沒錯，我的確習慣提前到教室，並非擔心搶不到座位，而是想挑個自己坐得舒適的位子。

但今天的情況顯然不同，教室裡人聲鼎沸，提前來的學生比平時多。

隨著上課時間接近，不斷有學生進入這間可容納上百人的大型階梯教室，等我回過神時，整間教室幾乎座無虛席。

如林育誠所言，不少外系學生悄悄混進教室內，只爲目睹Driv的風采。

這陣仗，與其說是上課，更像是一場久違的粉絲見面會。

我特意避開前三排，挑了個不顯眼的位子坐下，打開筆電，整理其他課程的重點筆記，盡量讓自己不被周圍高漲的情緒影響。

上課鐘聲響起，嘈雜聲漸漸趨緩，一陣清晰的腳步聲傳來，整個空間驟然靜謐。

「哇……」

某位男同學的驚嘆，點燃了周圍的低聲議論。

「本人比影片還帥！」

「這也太誇張了，本來就夠好看了，居然還能更帥？」

「天啊，我居然能當Driv神的學生！」

我垂下眼，手指在筆電觸控板上微微蜷縮。

季時予的五官在投影燈的照射下，更顯分明，氣質也更加沉穩。他掃視全場，聲音渾厚清晰：「原本授課的許教授請了長假，所以，這學期的『計算機網路』將由我來負責。」

教室靜得出奇，我抬眼張望，感覺氣氛不太尋常，像有什麼尚未釋放的情緒正蓄勢待發。

季時予的目光，突然準確地落至我身上。我低下頭，假裝專注於電腦螢幕上的筆記。

「課程大綱已經上傳至系統，以供查閱。」他咬字清楚，說話的語速不疾不徐，「這堂課將以傳遞簽到表的方式記錄出缺席，但提問時，我會從簽到名單中隨機抽選回答的同學。」他稍頓後，續道：「如果有人想找人代簽，希望你足夠幸運。出席率會影響總成績，請大家自行斟酌。」

話音剛落，教室裡響起幾聲低笑。

光看今天這種盛況，就知道大概沒有人捨得缺課，更何況，那不過是他委婉的提醒罷了。

季時予講課的語速平穩、邏輯清晰，會於關鍵處刻意停頓，引導學生思考。

我不禁想起他輔導我功課時的模樣，當時的他，就已經展現出極強的理解力與教學能力了。

沒想到如今連這門向來枯燥的資工系必修課，都能被他教得引人入勝。

我望著講臺上的季時予，一時恍神。他姿態挺拔，站在講桌旁自成風景，襯衫的袖口捲起，偶爾露出結實的前臂線條，從容不迫中帶著渾然天成的舞臺魅力。

從前的季時予，總帶著一種淡淡的從容與溫和，與人之間，保持著不近不遠的體面分寸，而如今的他，經歷歲月淬鍊，更顯沉穩，也多了幾分壓抑與內斂。

他平靜的眼神裡，似乎藏匿著某種不知名的情緒，讓人忍不住想多看一眼，卻又害怕看得太久，會就此著迷。

除了這些，他還有其他改變嗎……

我原以爲隱身在人群中不易被察覺，卻在抬眼時，再一次撞上季時予投來的目光。

他看我的眼神，像穿透了人群與流動的時間，專注得近乎銳利，可一眨眼，一切卻又如幻影般消失，彷彿方才的一切只是我的錯覺。

我尚未來得及釐清翻湧的思緒，便見他走下講臺，經過我這排時，兩位女同學低聲交談：「教授的香水好好聞喔，我也想買同款。」

我坐得太遠，聞不到任何氣味，卻仍是被這句話拉回了當年那晚——我與他同床共眠，被溫和的木質香氣包圍的那一夜。

那現在呢？仍然一樣嗎？

「徐苒。」

季時予的輕喚像從遙遠的地方傳來，卻又清楚得令人心跳一滯。

我以爲自己聽錯了，一時間分不清那是現實還是記憶裡的回音，直到肩膀被後排的同學輕點，「季教授在叫妳。」

我猛地回神，看向講臺前那道筆直的身影。

季時予神情平靜，問了我一道關於課程內容的問題。

問題不難，我深呼吸平復心緒後，冷靜地回答。

「很好。請坐。」沒有更多的評論，也沒有多餘的目光，他轉身繼續講課。

我坐回位子，胸口泛起的騷動卻未能平息。

接下來的時間裡，季時予沒有再點我的名，沒有刻意針對，也沒施加壓力，可偏偏正是這過於尋常的平靜與疏離，令無所適從的我，變得煩躁了起來……

下課鐘聲響起，爲這場被熱議多日的首堂「計算機網路」畫下句點。

教室內，學生們興奮地討論季時予的授課方式，甚至有人掏出手機，炫耀起方才偷拍的照片。

我迅速收拾好筆電和記事本，一心只想快點離開。

百人階梯教室裡，季時予被學生團團圍住，話題從課程延伸至他過去締造的電競傳奇，幾位女同學甚至大膽地請求合照。

這樣正好。他大概會被困上一陣子，而這是我今天的最後一堂課，代表我們今天應該沒什麼機會再碰面。

我抱著幾本文獻走出圖書館。

午後陽光斜灑，樹蔭小道靜謐悠長，微風穿過枝椏間隙，輕拂花圃，與翩翩而至的蝴蝶共舞。

爲避開某些不必要的相遇，我特地選了這條少有人知、能直通校門的小徑。然而，當我拐過彎，瞥見不遠處坐在長椅上的身影時，卻不由得一怔。

那人輕靠椅背，雙腿交疊，姿態閒適。修長的指轉動著筆，一副在打發時間的模樣，彷彿這裡是他專屬的祕密基地。

季時予抬眼，唇角挑起一抹耐人尋味的笑，「妳在躲我？」

我張了張嘴，「你怎麼……」話未說完，便在對上他眼底那份深意時止住。

「怎麼知道妳會走這條路？」季時予語調慵懶，「不過是多繞幾步，換個方向而已。妳的這點小心思，並不難猜。」

「所以你是……特地繞過來的？」

「不然呢？」他起身，單手插進褲袋，「當然，也有可能只是巧合。」

騙誰呢？這裡離資工系教室足足橫跨了三分之一個校區，他最好是能湊巧出現在這裡……

我皺了皺眉，沒接話，打算繞過他離開，行經他身側時，手肘卻忽然被他扣住，「小苒，訊息不回也就罷了，見到人還要如此冷淡嗎？」

我略帶不滿地回望，「冷淡的到底是誰？」

剛才在教室裡，表現得疏離又陌生的可不是我。

「原來妳不介意那是在課堂上？」

「在校園裡也不行。」我掙開他的箝制，後退一步。

他裝出一副煩惱的樣子，喟嘆：「哎，想當個好哥哥眞難……」

我朝他瞪去一眼，「你還記得你是我哥哥？」

季時予再次拉住我，力道不重，卻由不得我閃躲，「到底怎麼了？」他臉色沉了幾分，聲音也低了下來，「妳不回訊息，去家裡也見不到人，甚至沒讓我知道那晚去飯店照顧我的是妳。如果不是余力無意提起……妳根本不打算讓我知道，對吧？」

果然，該面對的，終究逃不過。我抿了抿唇，強迫自己冷靜下來，「我只是……不知道該說什麼。」

「不知道該說什麼？」季時予不以爲然地冷笑，「所以這三年杳無音訊，也是因爲不知道該怎麼找我嗎？」他扳過我的肩膀，將我拉近，「徐苒，這種理由，不太行。」

熟悉的木質香氣湧入鼻腔，擾亂了我的思緒。我垂下眼簾，換了個說法：「我怕打擾你。你忙著寫論文，我也在準備升學考試……」

他嗤笑一聲，顯然並不接受這個說法。

「那年我要去機場前，在妳家門前說了什麼，還記得嗎？」

三年前的記憶，被他輕描淡寫的一句話拂開。

他站在門口，語氣溫柔地說：「雖然是妹妹，但想我的時候，隨時可以找我，哪怕只是傳個貼圖都好。」

我皺眉嘀咕：「聽起來像女朋友才會做的事。」

他彎身，笑著揉了揉我的髮頂，「不，這是妹妹的特權。」

然而這些年，我一次也沒有主動聯絡他。即使點開聊天室，打下簡短問候，最後也只是默默刪去。

「妳眞的，一點都不想我嗎？」季時予聲音低沉，似乎正在壓抑著什麼。

我抬頭迎向那雙熟悉又陌生的眼睛，「你不也沒聯絡我嗎？甚至沒再回來過。」

以前的他，即便只有短短七十二小時的空檔，也願意當空中飛人，只爲見我一面，可後來呢……

季時予的目光在我臉上停留，似是在思索什麼。須臾，他語調低緩道：「一開始是眞的忙，也想著，或許不該逼妳太緊，但……」他稍頓，唇角浮起一抹苦澀的笑，「後來，是有點生氣了。」

「生氣？」我怔然。

「氣妳一點都不想我。」

我的心跳因爲這句突如其來的坦白而紊亂，喉頭發緊，一時說不出話來，只能直直望進他滿是眞切的眼裡。

「雖然知道妳慢熱，還固執得讓人拿妳沒辦法，可就是會忍不住地想……」

「想什麼？」我問。

他低聲笑了笑，自嘲地道：「我就像個沒長大的男孩，想著妳是不是連我們的聊天室都不曾點開，是不是根本沒想起我。哪怕誤傳一串亂碼訊息，或是一通撥錯的電話，我都曾期待……但徐苒，妳眞狠心，竟什麼都沒有。」

他說的每一句話都像踩在我的心尖上，帶著力道，蠻橫地挑起那些早已沉沒的記憶。

彷彿他是眞的……很想念我。

我張了張嘴，卻說不出半句話。

「我也有我的脾氣。」季時予低聲道，「既然妳始終不肯先開口，那就只能暫時擱著了。」他輕拈起垂落在我胸前的一綹長髮，緩緩將其撥至肩後。

這一個微不足道卻曖昧的動作，瞬間勾起那藏在身體深處、關於那夜的記憶——他將我壓在身下，灼熱的氣息貼近耳際，十指交扣的瞬間，有什麼不具名的東西，在我的心口深深烙下一道印記。

我猛然甩開腦中旖旎的畫面，強作鎮定地問：「既然是哥哥，就不能大方一點嗎？」

「可惜，對妳，我很難大方。」他後退一步，雙手插進口袋，淺笑道，「況且，我可是有特地請那兩個傢伙送花給妳。」

我抿了抿唇，這才意識到自己有些理虧。

「但沒想到妳這麼沒良心，連句謝謝都沒說。」

「我哪知道你是什麼意思？」我吞了吞口水，「他們送的是紅玫瑰耶，有哪個當哥哥的會在妹妹畢業時送紅玫瑰？而且你若眞的介意，大可以打電話來念我一頓。」

季時予揚唇，「我聽說了。不過，紅玫瑰倒是挺合適的。」

「你老愛做些莫名其妙的事，但在眞正重要的時候，卻又……」我微皺眉，話在嘴裡打了個轉，最後仍是收了聲。

「嗯？」他低應。

驚覺自己差點說出那晚的事，我忙不迭地轉移話題：「像是對維持兄妹間該有的互動，你根本一點也不在乎。我媽和季叔叔在美國，難道都沒替我念你幾句嗎？」

「我們沒有住在一起。」他伸手輕撥我被風吹亂的髮絲，目光低垂，「妳不說話，我也不知道該拿妳怎麼辦，況且後來——」

「過去的事就別提了，反正也不重要。」我在心底苦笑一聲，明明是親人，卻總有些話不敢說清楚。

沉默漫過我們之間的空氣，氾濫成足以令人窒息的尷尬。

半晌，一股莫名的情緒湧上心頭，伴隨一道突如其來的念頭，我出聲問：「你跟你女朋友……怎麼樣了？」

季時予的臉上出現詫異的神情，「……誰說我有女朋友？」

「高中時，聽學弟妹們閒聊，說你在圖書館和某個女生走得很近。」

他微微一怔，似是沒料到會傳出這種風聲，「我只記得自己拒絕過不少告白，尤其是在圖書館。」

「臉皮倒是不薄。」我低哼。

「我只是比較誠實而已。」他毫不在意地回應。

我翻了個白眼，轉身說：「我要回家了，再見。」

在我邁開步伐之際，季時予忽然伸手按住我的肩膀。我沒站穩，險些跌進他懷裡。

「是因爲這件事嗎？」他的氣息籠罩著我，充滿磁性的嗓音，像一道電流劃過耳膜，直擊心口。

那些以爲只是偶然聽聞的消息，以爲早已遺忘的畫面，以爲只因我們是名義上的親人，才會特別關注的每個瞬間——

原來我，一直都很在意。

✦

深夜，我窩在沙發裡，用筆電整理上課筆記。待處理得差不多時，我端起洋甘菊茶喝了幾口，舒緩疲勞。

這時，塞在沙發椅縫裡的手機突然震動，我拿起一看，螢幕上顯示著李采璇透過「色即是空」群組撥打的視訊通話。

我擱下手機，沒有要接聽的打算。

接著第二通、第三通……直到第四次響起，我按下接聽鍵，帶著毫不掩飾的煩躁語氣道：「李采璇，妳最好是有天大的事。」

原本只有她一人的視訊畫面，不久後，便一分爲二，陳品亦的影像跟著出現在畫面中。

都升上大三了，這兩人還當自己是大學新鮮人，不忙是嗎？

「徐苒看起來好像要殺人了。」李采璇擺出一副害怕的模樣。

我瞄了眼螢幕左上角的時間，都快一點了，她們似乎依然精神抖擻。

「到底什麼事？」

陳品亦的畫面有點延遲，隔幾秒後，才突然爆出高分貝的吼聲，「徐！苒——」

我眉頭一蹙，迅速把音量調低。

「妳是不是有什麼重要的事忘了告訴我們？」李采璇雙手抱胸，像在審問犯人。

「什麼事？」

陳品亦的訊號稍微恢復正常後，質問道：「妳爲什麼沒告訴我們季時予去景大資工系當教授了？」

「哦。」我淡淡應了一聲，端起茶杯就口。

「哦？」李采璇眯起眼，試圖從我臉上讀出些蛛絲馬跡，「我們在大學生社群平臺上看到消息，原本以爲是假新聞，結果竟然是眞的？」

「哥哥變成系上的教授，哇喔……」陳品亦抱著貓咪造型的靠枕，一臉驚喜。

李采璇追問：「而且妳也沒說Driv神回國了！」

我氣定神閒地放下茶杯，「妳們是他的粉絲嗎？」

她們愣了一秒，異口同聲地說：「不是。」

「那我幹麼要特地說？又不是什麼重要的事。」

陳品亦先是被我堵得無話可說，過了一會兒後又噘嘴抗議：「不對，好姐妹之間怎麼能有祕密？」

「我們沒有祕密啊，妳們現在不是知道了嗎？」

「我看那則貼文寫，他接手的課程裡，好像有我們之前交換課表時看過的那門……計算機網路？」李采璇道。

「嗯。原本那位教授出了車禍需要靜養，所以由他代課。」

「景大果然有錢，請得動Driv……」陳品亦感嘆，話沒說完，忽然眼睛一亮，「欸——你們現在既是兄妹，又是師生，這雙重關係未免太禁忌了吧？」

李采璇挑眉，笑得意味深長，「Driv那麼受歡迎，還男女通吃，妳會不會吃醋呀？」

「我爲什麼要吃醋？」從前沒介意過，現在也不會有所改變。

「那是因爲你們以前的生活幾乎不重疊。」李采璇伸出食指，搖了搖，「但現在不同了，原本只屬於自己一個人的哥哥，突然變成課堂上所有人都能近距離仰望的『季教授』。」

「對啊，景大的女學生們應該都瘋了吧？」陳品亦附和，「原本高不可攀的星星，落在校園裡，肯定有人會急著摘。」

李采璇接著說：「且不論之前在電競圈，有多少女賽評、女網紅追著他跑，就單看他現在年輕有爲的教授身分，跟那張堪稱天花板的臉蛋，簡直是黃金單身漢裡的極品！」

「我剛剛滑社群，已經有人在分析他的擇偶條件，還整理出過去和他互動過的女網紅名單，想推測他喜歡哪一型。」陳品亦邊說邊翻看留言，「還有女生說，想被季教授『深夜一對一輔導』。」

「噁……」李采璇做出浮誇的乾嘔表情。

被她逗笑的陳品亦提醒我：「總之，妳哥現在超級搶手，妳這個當妹妹的，有責任替他擋掉那些亂七八糟的蒼蠅。」

「不過，我覺得那誰……」李采璇忽然彈指，「VTWO戰隊的前教練貝拉跟Driv挺配的，可惜她不當職業選手，否則他們搞不好能成爲《響神》裡的神雕俠侶。那次電競圈的速配票選活動，我還有投給他們。」

「等等，妳是說那個創辦電競解說頻道，粉絲破三百萬的貝拉嗎？」陳品亦問。

「對呀。」李采璇的語氣裡帶著些許崇拜，「她直播分析戰況時，那種又帥又冷的模樣，和Driv那種不分性別都能收服的體質，超搭的。」

「聽說貝拉十七歲就進入電競圈，粉絲之間還有句話是說，向她告白過的選手多到能湊好幾隊。」

「不過話又說回來，季時予這些年人氣這麼高，怎麼一直沒什麼緋聞？」

陳品亦沉吟了一下，「我某任沉迷《誓神》的前男友說，曾經有媒體猜測過Driv和貝拉，但也沒後續。」

「那就是沒戲。」李采璇攤手，「貝拉也是零緋聞體質，除了電競，別的話題一概不談。唯一一次公開誇過的職業選手，就是Driv吧？」

「她說了什麼？」

「就是說些場面話啦。」李采璇搔搔頭，「好像就是說他技術很強、風格獨特之類的。」

「果然，電競才是她的眞愛吧。」陳品亦笑著嘆氣。

她們聊得熱絡，我卻兀自沉默，指尖不自覺地輕敲茶杯邊緣，心情煩躁得厲害。

「徐苒，妳怎麼都不說話？」李采璇對著鏡頭揮了揮手。

「我不了解那個圈子，不知道能講什麼。」我淺聲回應。

「那妳哥要是交女朋友，妳希望她是個怎樣的人？」李采璇湊近鏡頭，好奇地追問。

我微微一頓，緩緩道：「他喜歡就好。」

不知爲何，我心底的某個角落，似乎有一種難以言喻的鬱悶正在緩緩發酵。

李采璇笑了笑，「妳還眞是一點都不關心妳哥。」

「小苒，那妳跟林育誠最近有什麼新進展嗎？」陳品亦忽然問。

我放下茶杯的手一僵，沉默了幾秒才開口：「沒什麼發展，只是……單純的一夜情。」

「哈！我就說吧！」李采璇得意地笑，「陳品亦還說，妳一定是喜歡他才會那樣，我卻總覺得哪裡怪怪的。」她搓著下巴，「我猜，妳要不是突然受了什麼刺激，想試試看，不然就是……那個人根本不是林育誠吧？」

我垂下眼，平靜地解釋：「那晚他喝醉了，是他朋友請我過去照顧他的。我們只是單純的酒後亂性。」我握著手機的指尖，因太過用力而泛白，「反正是安全期，誰也沒吃虧。」

幾秒後，陳品亦拍了拍手，語氣浮誇：「哇……不愧是資工系的理工腦，連講這種內容都能冷靜得像在分析數據結果。」

李采璇不以為然地歪了歪頭，「她這不就是正常發揮嗎？」

陳品亦挑眉哂笑，「也是啦？」

「不過，妳看她現在這副表面鎮定的樣子，說不定心裡早已亂成一團了。」李采璇調侃道。

陳品亦嘴角抽了抽，「雖然小苒的畫面現在看起來像定格了，可她還沒斷線好嗎？李采璇，妳的尊重呢？」

「我只是陳述事實。」李采璇一臉無辜地聳聳肩，「況且，小苒才沒那麼小氣呢！」她見縫插針地反擊，「哪像妳，講個兩句就翻臉。」

陳品亦撇了撇頭，哼了一聲，隨即又把話題拉回我身上：「小苒，那妳打算找個機會好好跟對方談談，還是乾脆當作什麼事都沒發生過？」

我心頭微微一震，緊抿著唇，假裝專注地調整視訊濾鏡。

她說得沒錯，我越是逃避，情緒就越容易反撲，越想裝沒事，反而越容易被看穿。

但我和季時予之間的牽絆，讓我現在除了逃避，真的想不到更好的辦法……話題很快轉到最新的社群八卦，兩人的笑聲此起彼落，我卻始終提不起半點興趣。

我邊整理筆記，邊安靜聆聽，偶爾抬眼看向螢幕，含糊回應幾句。

過了一會兒，陳品亦的視線往旁邊一掃，「我男友傳訊息來了，妳們等我一下。」說完，她的視訊畫面瞬間呈現一片黑。

李采璇托腮調侃：「這種時間，應該不是來報備行蹤的吧？」

我未多理會，繼續在筆記上標註重點。

沒多久，陳品亦再度回到鏡頭前，神情似乎有些不對勁。

李采璇似笑非笑，不知是真沒察覺還是故意裝傻，「怎麼啦？該不會鬧分手了吧？」

陳品亦沉著臉色，眉心緊鎖，抿著唇不發一語。

我停下敲鍵盤的手，轉而關注螢幕中的她。

李采璇嘆了口氣，「唉……你們今天不是才吵過嗎？」

「又吵架了？」我問。

「對啊，中午約晚上視訊時她說的。」

「爲什麼？」

李采璇兩手一攤，表示自己也不太清楚。

陳品亦抱著枕頭，悶聲道：「我們中午在吵他週末不來找我的事。」

「爲什麼不來？」李采璇側躺在床上，單手撐頭，懶洋洋地打了個哈欠。

「他說週末和兄弟約了打球。」

「原來妳還比不過一顆球喔？」李采璇原本想開玩笑緩和氣氛，被我以眼神制止後，才正色道：「他不能推掉嗎？你們是遠距離，把握時間見面不是更重要？」

「他說怕被兄弟笑是馬子狗。」陳品亦煩躁地撥亂頭髮，「明修最近白天回訊息還算正常，但一過晚上九點，就回得很慢，有時甚至拖到凌晨三、四點才回，而且幾乎不主動開視訊……」

「該不會是……劈腿了吧？」李采璇問。

「不可能！」陳品亦立刻反駁，「他說想找大夜班的打工，時薪比較高。我想他回得慢，是在上班。」

「那妳爲什麼不直接問清楚？」李采璇皺眉。

「我問過了，他說等確定再告訴我。」

「那不就表示他現在根本還沒開始上班？」李采璇嘆了一口氣，「妳眞的完全沒有懷疑他——」

沒等她說完，陳品亦便打斷道：「李采璇，妳能不能別老是唱衰我的感情？」

她神情不悅，「我和黃明修之間沒有問題。他每次見面都很熱情，從不吝於表達關心，早安、晚安，還有我愛妳的訊息從未間斷。我只是有點疑惑，覺得他是不是找到什麼不方便說出口的工作，怕我擔心，所以才選擇暫時隱瞞。」

李采璇不以爲然地聳了聳肩，未再多言。

陳品亦鬱悶地低喃：「遠距離本就不易，我不想再無端猜忌……」

我能清楚感受到她心底的不安。

「陳品亦，不是我想潑妳冷水。」李采璇收起平日開玩笑的模樣，語氣嚴肅，「但從高中到現在，妳怎麼一點長進也沒有？老是把時間浪費在不值得的人身上，還妄想求得眞愛？別只長了年齡，腦袋卻還活在童話故事裡可以嗎？」

李采璇說的話，誰都明白，可當自己摔進那口深井時，總會選擇裝聾作啞，寧願活在糖衣包裹的假象中，賭那渺茫的可能性，賭自己或許是例外。

「沒成長也就罷了，眼光還越來越差。黃明修根本——」

「李采璇，妳夠了吧！」陳品亦的音量驟然提高，「少擺出一副高高在上的姿態來批評我。妳誰都看不上，當然能瀟脫，說放就放。可妳有眞心愛過誰嗎？若從未認眞付出過，憑什麼對我的感情指手畫腳？」

「所以非得像妳這樣，一次次被傷透才算有資格發言？」李采璇嗤笑一聲。

「別因爲妳爸很爛，就一竿子打翻一船人，覺得全天下的男人都爛！」陳品亦眼眶泛紅，「我不想像妳一樣，困在父母留下的陰影裡，嘴巴上說看透愛情，其實根本不敢眞正去愛！」

李采璇臉色凝重，默然不語。

「妳沒比我好到哪裡。只因妳不曾深陷，所以才能站著說話不腰疼，而我每次都掏心掏肺，卻總碰上不懂珍惜的人。可笑嗎？或許吧。但我告訴妳，只有勇敢面對失敗的人，才值得被愛，也才有資格收穫眞愛！」

此刻的氣氛，頓時凝結成霜。

過了一會兒，李采璇語調低沉地道：「妳們知道……我爸爲什麼和我媽離婚嗎？」

陳品亦一言不發。

「因爲信任碎了。」她面色平靜，彷彿在敘述一段與自己無關的故事，「他在第一段婚姻中被雙重背叛。結婚後才發現太太欺瞞他，朋友也背叛他。那不是裂痕，是無法修補的傷口。」她的語氣輕得猶如徐風掠過水面，「後來遇到我媽，他想重新去愛，卻始終走不出那道坎，最後沉溺於酒精和聲色場所，不斷外遇。看見我媽掉眼淚時，他會感到愧疚，但卻仍然選擇逃避，在爛泥中麻痺自己。」

陳品亦低頭沉默，雙手不停地交互揉搓指尖，似是在爲剛才一氣之下的口無遮攔而感到後悔。

「對不起。」李采璇苦笑，深吸一口氣，「我之前說他離婚後遊戲人間，不負責任……其實……」她的眼眶泛紅，聲音輕顫，「他和我媽離婚後沒多久，就自殺了。」

我記得，李采璇的父母是在她十四歲那年離異的。

這大概就是，爲何當年我爸爸過世時，她沒有說什麼安慰的話，只是拉著我在校園裡閒晃，下課後硬拖我去吃東西，卻神奇地撫平我情緒的原因吧。

身旁若有個能眞正理解你的人，那會比任何言語都來得溫暖。

「陳品亦，妳擁有幸福美滿的家庭，從小看著父母相愛，所以能在感情中勇往直前。我羨慕妳。」她聲音很輕，卻眞誠，「但在愛情裡，並非光憑眞心就能換來美好結局。我說話是很難聽，可身爲朋友，難道我會不希望妳幸福嗎？」她自嘲一笑，「我眞心希望妳遇見那個人，一個能讓我也相信，只要不放棄，愛情終能治癒傷痕的人。」

陳品亦切斷了視訊。我原以爲是訊號問題，但等了許久，都沒再見她上線。隔了幾分鐘後，群組裡跳出她的訊息：「我先睡了，明天早八，晚安。」

短短一行，敷衍得像個落荒而逃的逃兵。

李采璇垂下眼，低喃道：「有些人渴望被愛，卻無法眞正相信愛情；有些人不敢再愛，是因爲曾經深信不疑，卻被傷害⋯⋯」

季時予的父親，雖曾被背叛，卻依然選擇再次相信；李采璇的父親，努力想重新開始，卻受困於過往，最終留下遺憾。

我想起當年媽媽離開後，我曾經勸爸爸再去找個伴，但他只是輕輕摸了摸我的頭，什麼也沒說。

後來我才明白，他早將對愛的執念，化爲對我的照顧。

螢幕上，李采璇勾起一抹苦笑，聲音輕得幾不可聞：「原來，直視傷口，比想像中還疼。」

我垂下眉眼，靜靜吐出一口氣。

那我呢？

是無法面對，還是不敢去愛？

# 第七章 比「妹妹」更多一點

他的氣息包圍著我，低沉的嗓音挑逗著我每一根敏感的神經。

季時予在系上任教已有一段時日，但關於他的討論卻絲毫未減。校內論壇上，時常有人剖析他從職業電競選手轉行任教的歷程，也有許多人讚賞他獨樹一格的授課方式，甚至連他的日常穿搭，都能引領風潮。

由季時予主講的課程，直至今日，依舊幾乎場場爆滿。我原以爲其他科系的學生只是圖個新鮮，撐不了幾堂便會因艱澀的課程內容打退堂鼓，沒想到他不僅成功留住聽眾，還憑藉教學魅力吸引更多人慕名而來。

我們系的入學門檻本就不低，如今又有他的光環加持，我想，未來要報考的高中生，恐怕得面臨更激烈的競爭。

三小時的計算機網路課一結束，我便緩慢地往教室門口走，掌心平貼在微微發脹的小腹，眉心不自覺緊蹙。

經痛使我渾身泛著一股難以言喻的倦怠感，連腳步都沉重了起來。

講臺前仍有幾名學生圍在季時予身旁發問，見怪不怪的我沒多停留，逕自往系館外走去。

途中，我巧遇林育誠。

「學長？」我一怔，步伐稍頓，「你怎麼會來學校？」照理來說，資工系的大四生，現在應該都在公司實習才對。

他無奈地笑了笑，「我來補交實習報告的文件，再拖下去，指導教授恐怕要天天關心我了。」

我點點頭，客套地說：「辛苦了。」

「這應該是我們最近第五次碰面了吧？」他突然道。

我有點驚訝，沒想到他竟然有在計算。仔細一想，我們最近在校園裡偶遇的次數確實頻繁，從系館、走廊、圖書館、學餐，到校門口，簡直多得出奇。

「可能是因爲你最近常跑學校？」我漫不經心地回應。

他一手叉腰，一手撓頭，臉上掛著爽朗的笑容，「實習報告改來改去，比想像中難搞，加上要跟學弟妹分享經驗，這陣子的確很常到校。」

「難怪。」我扯出一抹笑，努力掩飾因身體不適而出現的暈眩感。

「但說眞的，我們偶遇的次數，未免太多了，該不會……是緣分？」

我挑眉，「學長，你不覺得，這句話很容易——」

「被當作統計問題處理。」他搶著接話，笑得輕鬆，「說到底，也就是機率高了點而已。」

「沒錯。」

林育誠跟著笑了，下一秒，卻收斂神情，像是有重要的事要說。

他先是遲疑了一會兒，接著突然眉頭微皺，「學妹……妳是不是不太舒服？」

果然，遲鈍是理工男的通病，竟然現在才察覺。

我扯了扯嘴角，「嗯，生理期。」

「要不要陪妳去保健室？」

「不用，剛剛吃過藥了。」

「真的沒問題嗎？去那裡躺一下，等藥效發作也好。妳待會還有課嗎？」

「沒有，但我想直接回家休息。」我說話向來直接，希望他別多想。

林育誠沉默片刻，最後輕輕嘆了口氣。

「之前說想約妳出去，不是隨便說說，而是認真的。但最近實在太忙了，好不容易有空，又怕突然聯繫會打擾到妳……抱歉啊。」

我沒想到他會特地提起這件早已被我遺忘的小事，雖然話題轉得突兀，但這份記掛，在我們系裡倒是難得一見。

我扯出一個有氣無力的微笑，「學長，你不用想太多。如果我不方便，就不會回覆，不然就是會直接說『晚點再聊』。我不習慣拐彎抹角，所以……你也無需顧慮太多。」

林育誠似乎鬆了口氣，展露笑容，「好。」

身體的不適加劇，我無力繼續與他寒暄，只好道：「那我先走了。」

「啊，好……那妳路上小心。」

他似乎還想說些什麼，但我已無心理會，而我才剛往前走幾步，身後便傳來一聲叫喚：「徐苒。」

尚未回頭，一股熟悉的氣息便籠罩著我，一隻骨節分明的手扣住我的腰，掌心的溫度隔著布料傳來，灼熱得令我渾身一震。

「肚子還痛嗎？」

低沉的嗓音自耳邊傳來，我轉過頭，對上季時予那盛滿關切的眼神。

「你怎麼……」

季時予的視線從我的身上掠過，眼裡似乎有什麼情緒一閃而逝，讓我腦中驀地閃過幾幕不太正經的畫面。

徐苒，妳肯定是瘋了吧？

我立刻抬手摸了摸臉頰，擔心自己露出什麼不該有的表情。

難道是因爲生理期的關係，催產素和多巴胺在作怪？

「妳最近是不是又偷吃冰了？」他的語氣裡帶了點無奈。

「我哪——」才剛出聲，我便想起他記得我的經期，只好趕緊轉移話題：「你不是在幫學生解題？怎麼這麼快就出來了？」

他沒有回答，只是淡淡地說：「走，我送妳回家。」

「不用。」我試著脫身，卻被他緊緊扣住。

偏偏這時，林育誠又折回來了。

「學長，你怎麼……」

「不太放心妳一個人，想妳身體不舒服，應該走不快，結果一回來就……」他蹙起眉頭，目光落在季時予放在我腰上的手。

林育誠欲言又止，但他的意思再明顯不過。

我連忙解釋：「學長，我和季教授不是——」

「季教授，你這樣……不太合適吧？」他打斷我，神情嚴肅地看向季時予。

「她身體不舒服，我送她回家，有問題嗎？」季時予語調平穩，神色如常，接著又補了一句：「你不也是因爲擔心她才走回來的？」

一時圓不了場的我，只覺得身心俱疲。

「畢竟是熟識的學妹，關心一下很正常吧？」

「哦？」季時予唇角微挑，笑意未達眼底，「那你這樣一直盯著我們，也是『正常』的表現？」

林育誠語塞，片刻後才道：「你是教授，是學生的老師。」

空氣瞬間凝滯。

當我欲出聲緩解氣氛時，季時予搶先一步俯身看我，不疾不徐地開口：「我照顧自己的妹妹，有何不妥？」

林育誠微愣，似是想起了什麼，忽爾低笑出聲，搖了搖頭。

「難怪我第一次聽到妳名字時，就覺得耳熟……原來是以前玩《譽神》的朋友曾提及的，Driv的妹妹。」他恢復以往親切的模樣，「既然有季教授照看，那我就放心了。」

我點頭的同時，察覺季時予放在我腰間的手指悄然收緊，似乎隱約透出幾分宣示的意味。

直到林育誠的身影沒入人群，季時予仍沒鬆手。

見周圍的同學們紛紛看向我們，交頭接耳，我皺眉，不滿地道：「你放開我。」

季時予低頭睨著我，神情晦暗難辨。

「我沒事，我要回家了。」

「妳不舒服，就該告訴我。」他壓低嗓音，貼近我的耳側，令我胸口一震。

——「妳如果害羞，就咬我肩膀。」

那夜，他也是用這樣的語氣，在醉意裡低喃，拖著我一同沉溺。

記憶與現實重疊，我強迫自己將那畫面從腦海中驅逐，卻仍在心跳漏跳的一瞬露了餡。

「怎麼了？嗯？」

我猛地回神，強壓翻湧的情緒，佯裝鎮定地問：「你怎麼發現的？」

「妳沒怎麼做筆記，坐姿不對，還時不時皺眉、抿唇……」他準確地點出所有細節。

我頓時語塞。

「就算吃了藥，臉色仍然很差。」

他連我吃了止痛藥都知道？這傢伙到底有沒有專心上課？

我別開視線，「所以呢？」

「所以，我送妳回家。」他態度強硬地道。

「不用。你去忙你的，我自己可以——」

「徐苒，妳還要跟我鬧脾氣到什麼時候？」他的語調雖輕柔，我卻隱隱察覺其中的一絲慍怒。

「……我哪有在鬧脾氣。」我輕咬下唇。

「沒有嗎？」

「真的沒有。」

「嘴硬。」

幾句拌嘴後，季時予低笑幾聲，像在逗一隻桀驁不馴的小貓。

「我真的沒事，不想麻煩你。」我只是想在被更多人圍觀之前，趕緊離開。

季時予寸步不讓，修長的手指輕撓我的腰側，「再倔強，我就直接把妳抱回去。」

這只有我能察覺的細微動作，猶如一道電流，竄過我的脊椎，令我屏息。

這時，不遠處傳來一聲爽朗的呼喚：「Driv-!」

一位高䠷纖細的女子帶著笑意，朝我們款步而來，明亮的神情裡充滿自信。

她身穿藍白直條襯衫與黑色西裝寬褲，馬尾扎得乾淨俐落，耳垂上那對銀色耳飾，隨著她的動作輕輕晃動，在日光下閃爍。

她一出現便吸引所有目光。

「好久不見。」她對季時予露出微笑，語氣溫和親切，自然的態度，能讓人輕易地卸下心防。

季時予揚起笑容，「我們不是前幾天才在電臺碰過面嗎？」

「哎呀！瞧我這記性。」

她笑容明媚，富有感染力，就連我也差點動搖，可隨之而來的，卻是一種說不清、道不明的排斥感。

她的目光從季時予的身上移向我，並親切地朝我伸出手，「久仰大名，我是貝拉。」

我這才想起，近期資工系在舉辦講座，邀請不少業界人士前來演講。

原來今日的講者，是美貌與實力兼具的她。

和李采璇、陳品亦視訊那晚，她們提到了「貝拉」，我當時聽完後，並沒有特地去搜尋她的資料，也沒想過有一天，她會出現在我的面前。

直至現在，看著眼前的她，我才後悔沒提早做準備。

一股強烈的比較心態油然而生，我光是與他們待在一起，都感到渾身不自在。

我沒有回握她的手，將自己的行爲歸咎於慢熟的性格。

貝拉似乎不介意，語調輕快地說：「哇，Driv，你妹妹該不會不喜歡我吧？」

她笑意不減，歪著頭，調皮地眨了眨眼，「我可不希望未來的小姑對我有成見。」

見季時予未出聲否認，我的手指不自覺蜷縮，喉頭一緊，苦澀得無從說起。

「不好意思，我有點不舒服，先走一步。」我壓抑情緒，盡可能保持平靜。

或許是因爲貝拉在場，這一次，季時予沒有像剛才那樣攔住我。

正當我即將轉身之際，資工系的系主任恰巧經過。見到他們，他立刻笑著上前，熱情地拍了拍季時予的肩膀，並對貝拉說：「美女蒞臨，眞是讓我們資工系蓬蓽生輝啊！」

「教授過獎了。」貝拉溫柔地笑道。

「我記得季教授接下來沒課吧？不如和貝拉小姐一起來我辦公室泡茶聊天，如何？」

我的餘光瞥見季時予眉頭微皺，似乎想拒絕，嘴唇動了動，最後卻什麼也沒說出口。

而我，則不再停留。

✦

我蜷縮在沙發前，包包和外套散落一地，原想等稍微恢復體力後，再去冰箱找點吃的，沒想到卻越坐越覺得疲憊，四肢也漸漸發冷。

我起身走向浴室，沖了個熱水澡，想讓身體暖和些。

當女人實在太累了，每隔一段時間，就得經歷這痛不欲生的折磨，有時痛起來，甚至讓人覺得自己會當場昏倒。

洗完澡後，我用快煮壺燒了水，泡了一杯黑糖薑茶，雙手捧著馬克杯抵在小腹前。

過了一會兒，我靠著僅存的體力，撿起散落一地的東西。收拾好之後，我坐回沙發，拿起手機，點進置頂的「色即是空」群組。

最後一則訊息是李采璇傳的一個網址，那是陳品亦每週準時追更的少女漫畫的連結。

陳品亦已讀沒回。

以往，她一看完漫畫就會忍不住發表心得，連沒看過這部漫畫的我，都能靠她的敘述拼湊出七八分劇情。

我點進李采璇的頭像，傳了訊息過去：「妳們還沒和好？」

她秒讀，回了一個無奈的貼圖。

「以前吵架，妳總是有辦法把她哄好，這次怎麼沒用了？」

「……她大概現在才進入叛逆期吧。」

一陣突如其來的劇痛襲來，令我反射性地摀住下腹，身體蜷縮起來。

門鈴聲在此刻響起，嚇得我心頭一震。

我拖著幾乎動彈不得的身體，慢吞吞地往玄關挪動。

就在這時，門鎖卻「喀啦」一聲解開了。

季時予提著一只紙袋走進來，見我面色慘白、眉頭緊鎖，便伸手想碰我。

「你能不能別擅自進門？這是我家，好歹尊重我一下。」我閃身避開，思忖著遲早得換掉這組密碼，不能再讓他像回自己家一樣來去自如。

季時予慢條斯理地回道：「是妳之前叫我直接進來的。」

「我哪有說過？」

「妳那次不是說『你不是知道密碼嗎』？這難道不是叫我直接進來的意思？」

「才不是！」

我知道他指的是哪一次，可眼下我渾身難受、心煩意亂，根本沒有餘力和他講理。情緒一上來，腹痛又陡然襲來，痛得我連站都站不穩，只好一手摀著小腹，緩緩蹲下。

季時予將紙袋擱在一旁，彎身察看我的情況。緊接著，他二話不說，單手穿過我膝窩，將我整個人抱起來，走向臥室。

他小心翼翼地將我放在床上，接著坐在床邊，眉眼溫和，「還很痛？」

我輕聲低應，「嗯……」情緒忽然翻湧，一股說不清的酸楚在胸口蔓延，我竟突然有點想哭。

「熱水袋放在哪裡？和藥箱收在一起嗎？」

「沒有那種東西。」我撇過頭，避開他的視線。

「妳讀國中時，某次痛得厲害，我買了紅豆湯，還帶了一個熱水袋。妳把它丟掉了嗎？」他的語氣更輕了些。

我抿唇不語，感覺到他輕輕撫過我垂落於肩頭的長髮。

「季時予，你能不能別連這麼一點小事都記得那麼清楚？」

他沒答腔，起身離開臥室，回來時，手裡多了一支吹風機。

他坐回床邊，插上插頭，「起來，先把頭髮吹乾。」

「不要，肚子太痛了……」我蜷起身體，把被子扯過來，將自己裹成一團。

他低低嘆了口氣，把我連人帶被地抱起來後，才重新拿起吹風機。

吹風機低鳴，熱風拂過髮梢，季時予動作輕柔地撥弄我的頭髮。

「沒熱水袋也沒關係，家裡還有暖暖包嗎？」

「門口鞋櫃最上層的抽屜……可能還剩幾個。」

「好，我去找。」

他未再多說，幫我把頭髮吹乾後，便收起吹風機，走出房間。

不一會兒，他一手端著一杯冒著熱氣的黑糖薑茶，一手拿著暖暖包，「用這個。」

我接過那溫暖的熱源，低頭看了幾眼，沒想到這東西還能這麼用。

「你怎麼這麼熟練？」我的語氣裡滲了點酸意，「以前也這樣照顧過別人嗎？」

季時予原本微蹙的眉心忽然舒展，輕聲一笑，「除了妳這位小公主，我還能照顧誰？」

我動了動唇，差點衝動說出「貝拉」，卻在最後一刻吞了回去，抿緊嘴角。

我將暖暖包自衣襬處放了進去，讓它隔著褲子貼在小腹上，溫熱慢慢滲進皮膚，也一併滲進了我的情緒裡。

「妳每次來，都痛得這麼厲害嗎？」

「差不多吧。」我拿起放在床頭櫃上的熱飲，抿了幾口，「你不是被主任叫去泡茶了嗎？怎麼會突然過來？」

窗外陽光透過窗櫺斜斜灑落，在他眼裡映出一層琥珀色的柔光，像一張網，將我牢牢困住。

季時予看著我，神情堅定，「再大的事，也不及妳重要。」

「你現在倒是很會說，平常也沒見你多關心我。」

「妳不回我訊息，不就是希望我別煩妳嗎？」

不是，不是這樣的……是因爲，我們之間發生了那麼劇烈的變化，使我不知該以什麼樣的心情去面對。

明明想靠近，卻又忍不住退縮。

季時予從口袋裡掏出一只墨綠色絨布盒，「這兩年欠妳的生日禮物。」

「我又不過生日，你不用特地準備這個。」

「不想收也沒關係，可以直接丟掉。」

我低頭看著他遞給我的盒子，沉默片刻後才打開。

盒中躺著兩枚造型獨特的徽章鑰匙圈，金屬表面經過鍍色處理，並刻上了年分，在我眼前閃著內斂的光。

我怔怔地抬眼望向他，尋求解釋。

「這是我成爲職業選手後，第一次以及最後一次奪冠時，戰隊頒發的紀念徽章。我請工匠把它們做成了鑰匙圈。」

「為什麼給我這麼重要的東西？」

「因為我想讓妳替我保管。」季時予望著我，目光深邃沉靜，「收下這份對我而言意義非凡的東西，永遠留在我的身邊，好嗎？」

我的喉嚨像是卡了一塊什麼東西，讓我一時說不出話，連呼吸都變得吃力。視線再次落回那對鑰匙圈上，金屬表面泛著細碎柔和的光澤，彷彿正靜靜地在我的掌心，燙出一道灼人的溫度。

「這份禮物，我早就想給妳了。」他的語氣謹慎小心，「只是一直不知道該拿妳怎麼辦，所以猶豫了很久。直到剛才貝拉問我，我才……」

行事果決的季時予，在做決定時，幾乎不太徵詢旁人的意見。就連當年退役，大家也都是看了官方聲明才知道。

可這次送我禮物，他竟然問過貝拉……

被窩下，我的手機突發震動了起來，打斷我的思緒。翻出來一看，螢幕上顯示著林育誠的名字。

「學長。」

聽筒那端傳來林育誠溫和的嗓音：「學妹，到家了嗎？」

「嗯，有一會兒了。」

我餘光掃向剛坐到書桌前的季時予，他靠著椅背，一手撐著額角，眉眼低垂。他的臉上沒什麼表情，卻莫名讓人感覺到一股無形的壓迫。

「那就好。身體感覺好些了嗎？」

「還可以。」我側過臉，刻意避開那道銳利視線。

「對了，今天在系館不好意思……我沒想到季教授是妳哥哥，場面弄得有些尷尬。能不能請妳替我向他說聲抱歉？」

「好，我會轉達。」

「還有，上次提到的吃飯，我查了幾家餐廳，待會傳給妳，妳看看喜歡哪一間，我再來訂位。」

他果然是行動派，才剛確認完我的想法，這會兒就馬上打來安排後續。

「學長不是在實習嗎？應該很忙吧。」我想了想自己的行程，「不用那麼費心，你選就好，時間定下來再告訴我，我最近比較有空。」

「不然這樣吧，時間我來定，餐廳交給妳選，好嗎？」他笑著說，語氣親切。

「好啊，你再把餐廳傳給我。」

「那先這樣，妳多休息。」

「謝謝學長。」

電話剛掛斷，我的手機就被季時予抽走，丟到床頭櫃上。

「你——」

「他約妳吃飯？」他的聲音壓得極低。

我頓了頓，抿嘴沉默。

「你們認識很久了？」他的話語裡，似乎夾帶著細微的試探，「是想發展看看？」

「我不能跟朋友吃飯嗎？」

「妳當然可以，但除此之外，我不同意。」

我不明白他是以什麼身分和立場，干涉我的交友自由，「季時予，如果我想談戀愛，也不行嗎？」

季時予望著我，眼裡覆上一層幽深難辨的情緒。

「之前是開過玩笑，說萬一沒人要，就靠哥哥養了，但我總不能眞那麼厚臉皮吧？」我苦笑著說。

「徐苒，妳是不是故意的？」他繃緊下顎，像是在生悶氣。

「這麼做對我有什麼好處？」我垂下眼睫，平靜地回應，「對了，我並不討厭貝拉，只是身體不適，才沒能好好打招呼。她長得漂亮、個性大方，還是百萬網紅，活動和業配肯定接到手軟，收入想必也不錯。哥哥的眼光好，幫我挑了一個好嫂嫂。」這整段話說的，連我自己都聽得出那話裡話外的不是滋味。

季時予神色晦暗，驀地俯身逼近，拉近我們之間的距離，「那妳打算怎麼報答我？」

熟悉的氣息瞬間包圍我，混入每一次呼吸裡，燙得我胸口微顫。我側過頭，避開他的目光。

季時予不肯退讓，一手撐在床邊，將我困在他與床頭板之間。

他俊俏的面容近在咫尺，長睫低垂，聲嗓略啞：「徐苒，」他扣住我的手腕，指腹緩緩摩娑，像在安撫，又似試探，「妳是故意在我面前接電話，想測試我的反應，還是……在吃貝拉的醋？」

心跳紊亂的我，咬唇不語。

「沒關係，我不著急，妳可以想清楚再回答。」季時予說。

我從乾澀的喉嚨裡，勉強擠出三個字：「那你呢？」

我望向季時予，看見他眼底閃過的隱忍與掙扎。

他嗤笑一聲，自嘲道：「身爲哥哥，我有資格介意嗎？」

季時予的神情、話語，讓我的心跳驟然失控，呼吸失序。

不知從什麼時候開始，只要季時予一靠近，只要感受到他的氣息，我就會無法控制地想起那一夜的繾綣——親密的擁抱、急促的喘息、滲滿汗珠的額角、十指交扣的力道，全都烙印在我的體內，不斷騷動。

想到這裡，我不禁覺得臉頰發燙。

季時予對我，究竟是否懷有難以啟齒的情愫？

抑或是我自己，始終走不出那一夜，以至於他日後的每一次靠近，都讓我暗暗揣測，他是否對我抱有超越「兄妹」的情感……

「止痛藥過四小時了嗎？」

我輕輕搖頭，唇瓣微顫。

季時予似乎以爲我不舒服，臉上閃過一絲慌張，將手探進棉被裡，想確認我的狀況。

我驚呼，「季時予！」

聽見我喚他的名後，他立即停下動作，高舉雙手，急忙解釋：「對不起，我不是故意的，嚇到妳了嗎？」

我確實被他嚇了一跳，但不是因爲他的貿然靠近，而是因爲此刻的他是清醒的，和那晚不一樣。

空氣中瞬間染上一層曖昧氣息。我的心跳如同脫軌的鐘擺，撲通撲通，在耳邊喧囂作響。

不知過了多久，季時予打破沉默，低聲問：「那晚我喝醉，妳來照顧我……爲什麼後來自己先走了？」

我沒料到他會突然提起這件事，於是側過頭，假裝眼睛乾澀，抬手揉了揉，試圖掩飾閃爍的目光，「我們太久沒見了……一時緊張，沒準備好在那樣的情況下見面。」

「我醒來時沒穿衣服，是妳幫我脫的？」

「是你自己脫的。」我答得心虛，卻還算誠實。他確實動了手，只是，不只脫了自己的。

「妳是看到我全脫光了才嚇跑的？」

我一把推開他，平躺在床上，拉高棉被蓋過頭，生氣地反擊：「對！季時予你嚇死我了，酒品也太差！喝醉還會亂脫衣服。我後來不回訊息，就是不知道怎麼開口向你提這件事！」

季時予沉默許久，直到我快被悶出內傷，他才笑著拉下我的棉被，「知道了。

妳不用靠悶死來自證清白。」

我撇撇嘴，轉身背對他，下逐客令：「我想休息了，你快走吧。」

他揉了揉我的髮頂，笑聲低啞，「妹妹真是越來越沒良心了。」

你才沒良心，跟貝拉曖昧不清，還來招惹我……

季時予突然輕掐我的臉頰，慢條斯理地開口：「貝拉是鬧著玩的。」

我原本想回頭瞪他，但頭轉到一半時，便忍住了。

季時予的笑聲變得更加猖狂，「她只是好奇，當妳發現哥哥要被搶走時，會有什麼反應。」

我咬著唇，不發一語。

這場「鬧著玩」的試探，讓我發現，自己有多麼在意他。

不久後，我聽見椅子挪動的聲音，季時予似是坐了回去。

「妳真的想談戀愛了？」他問完，又在氣氛變得尷尬前，半開玩笑地道：「不如跟哥哥說說喜歡哪種類型的，我幫妳介紹？」

我闔上眼，壓下胸口那股氾濫成災的酸澀，冷淡地開口：「別像哥哥這樣的就好。我不喜歡長得太好看的，也不喜歡太受歡迎的，更不喜歡……」我頓了頓，聲音微啞，「身邊有曖昧對象的人。」

房內陷入一片異樣的寂靜，唯有彼此的心跳聲，在近乎窒息的空氣中，一下一下，撞進耳裡。

我不知何時睡著了，再次睜眼時，夜色靜得發沉，窗外城市燈影斑駁，房內悄然無聲，只有桌上的檯燈亮著，柔光灑落一隅，拖曳著陰影的輪廓。

我緩緩起身，目光落向季時予。他坐在書桌前，側靠椅背，單手撐著頭，就這麼睡著了。

我輕輕掀開被子，躡手躡腳地走近。

季時予睡得很熟，長睫在眼下投出一道細細的陰影，鼻梁挺直，唇線分明……五官輪廓被柔和的燈光襯得格外深邃，彷彿精心雕琢的藝術品。

我不自覺地盯著他的唇看了一會兒，腦海裡，倏地竄出一個大膽的想法──如果此刻吻了上去，他會有什麼反應？

光憑想像，我便感到心動不已，心跳忽地開始加速。

最終，我仍什麼也沒做，默默轉身，回到床上躺下。

臉頰的餘熱未退，無聲的悸動盤踞思緒，直到倦意再度將我拉入夢境。

再次醒來，已是午夜時分。房間空蕩蕩的，季時予離開了。

我揉了揉眼睛，下床時發現腹部的悶痛已緩解許多，只剩些微不適，反倒是胃裡傳來一陣飢餓感，像是在催促我進食。

走出房門，一踏進客廳，我便聞到空氣中彌漫著一絲淡淡的油香。

餐桌上擺著一盤炒飯與一碗紅豆湯，顯然是季時予特地為我準備的，簡單加熱即可食用。

桌面上還有一張對摺的便條紙，我拆開來看，熟悉的筆跡映入眼裡。

先吃炒飯，紅豆湯慢慢喝。
幫妳煮了熱水，放在熱水壺裡保溫。
巧克力棉花糖熱飲收在冰箱旁的零食櫃，記得泡來喝。

……季時予是把我當豬在養嗎？能吃完炒飯和紅豆湯就很了不起了，哪還有肚子再裝巧克力棉花糖熱飲？

我忍不住搖搖頭，「噗哧」一聲，笑了出來。

他的心意不經意地落進我的心底，比任何食物都要來得溫暖且眞實。

✦

果不其然，那天在系館前，我與季時予的互動被人拍下，上傳至校板。

照片中，我們站得很近，季時予低頭凝望著我，眼神專注。

這則標題爲「教授與妹妹」的貼文，沒多久便傳遍整個校園，同學們在留言區裡大肆討論。

季時予總是會引發類似的風波，只要與他扯上關係，低調便成了奢望。

B34：「教授又怎樣？看到妹妹不舒服，上前關心不是人之常情嗎？」

B70：「後來不是還有那個貝拉出現嗎？他們三個也沒閃躲，挺坦蕩的呀！」

B111：「坦蕩？拜託，那眼神根本就不對勁。哪有兄妹站那麼近還四目交接的？」

B507：「我哥才沒那麼貼心咧！我經痛他只會笑我無病呻吟。」

我看了幾則留言後，直接關掉螢幕。

這類討論，我向來鮮少關注，以往每當有任何風吹草動時，李采璇和陳品亦都會在第一時間擷圖、整理、評論，最後直接把整理好的懶人包丟進「色即是空」的聊天群組。

但這次，聊天室靜悄悄的，因爲她們到現在仍未和好。

誰都沒有主動提起對方，也沒聯絡，可她們之間的羈絆，就像夏夜裡斷斷續續的蟬鳴，不特別刺耳，卻無處不在。

我不是愛管閒事的性格，可心裡還是忍不住掛念。

習慣了她們吵吵鬧鬧、互相吐槽，卻又會在彼此最狼狽時挺身而出的日子，如今這般消沉寂靜，實在教人難以適應，總覺得胸口某一塊空蕩蕩的、悶悶的，甚至感到……有些苦澀。

僅僅兩天，傳聞就燒到了計算機網路的課堂上。

鐘響前，教室內異常熱鬧，我明顯感受到幾位同學的視線不時地投向我，卻又在我轉過頭時撇開目光。

我坐在靠近走道的位子，看著手中的書頁，周圍不斷傳來窸窸窣窣的私語聲。

季時予踏入教室的那一刻，空氣彷彿瞬間凝結，針落可聞的靜默蔓延開來，令人連呼吸都不敢太用力。

他神色如常，教學節奏如以往般流暢，彷彿未受半點影響。

陽光從窗外斜斜灑落，光影筆直地拖曳於講臺與桌面之間，勾勒出一條分明的界線。

他穿著白襯衫，袖口隨意挽起，站在投影幕前補充重點，時而拿起白板筆書寫註解，時而提醒學生自行記錄。

爲了避免胡思亂想，我比平常更專心聽講，雙手敲擊鍵盤時，卻隱約感覺有道視線往我的方向投來。

我一抬眼，便看見季時予直直盯著我。他沒有迴避，只是若有所思地看著我。

問答環節開始，季時予走下講臺，穿梭於座位間。

當一名同學正積極回答關於系統架構的問題時，我聽見後方不遠處的學生壓低音量，聲音略顯慌張地道謝：「謝謝季教授！」

我雖未轉頭，卻能感覺到，他正往我的方向靠近。經過我身旁時，他的指尖幾不可察地劃過我的手臂。

加速的心跳害我頻頻打錯程式碼。

季時予的話音自我頭頂飄下：「錯了。」

「嗯？」我怔怔地揚首。

他指著螢幕糾正：「是client_socket.connect()，不是context。」

我張口欲言，覺得自己現在的表情肯定蠢斃了。

就在這時，一位男同學舉手問：「教授，最近校板上那張照片，是你們嗎？」

季時予收回視線，簡單回應：「是。」

「你們眞的是兄妹？」

「法律上是。」他語調不變，回到講臺前繼續上課。

臺下有人驚呼，有人議論，更多人則偷用手機，似乎急著把消息散播出去，前排的幾位同學甚至紛紛回頭，瞄了我幾眼。

「教授現在有喜歡的人嗎？是單身？還是已經有了穩定的交往對象呢？」一名女同學追問。

季時予雙手撐在講臺兩側，偏頭思索了片刻後，緩緩道：「有。不過，她現在不太願意面對我。」

聞言，我驚愕不已地瞪向季時予，心跳差點驟停。

教室內隨即爆出一陣驚呼。

「天啊！是誰？」

「竟然有人能俘獲Driv的心！」

「好羨慕喔——」

直到下課鐘在這段戲劇性的餘韻中敲響，我才慢半拍地回過神來。

季時予有喜歡的人。

認識多年，我不曾聽他提及感情的事，媒體更是想挖也無從下手。

儘管那次一夜情後，我不免懷疑季時予在那方面的經驗，遠比我想的多，卻從未認眞想過，他會爲誰動心。

與貝拉見面那日，我的心裡確實有些不快，但聽完他的解釋後，我便打消了無謂的猜疑，然而，現在卻又……

難道，他喜歡的人眞的是貝拉？只是尚未交往，所以才……

我咬著下唇，背著包默默走出教室，雜亂的思緒像一團剪不斷的毛線球。一股無力感緩緩蔓延，而無以名狀的醋意，則全堵在胸口。

那麼，我和他這段時間發生的種種，又算什麼？

季時予總是這樣，每當我以爲自己能稍微讀懂他時，他便會讓我陷入更深的不安與茫然之中。

離開系館的途中，我收到季時予的訊息。

「報告裡的封包圖邏輯有誤，請來辦公室說明。」

我盯著那行字愣了幾秒，不確定他眞正的用意，隔了一會兒才回：「好。」

季時予的辦公室位於三樓邊間，當我推門進去時，他正倚著辦公桌，瀏覽筆電裡的資訊。

「坐。」

我走進辦公室後，門在身後自動闔上，那聲「喀」清晰地敲在心口。

待我在他對面坐下後，他將筆電螢幕轉向我，說道：「妳的封包流程少了一個回傳確認，註解格式也不符。」他平淡的語氣，像在對待任何一位普通學生，「妳對內容的理解還不夠，寫這種東西，稍微簡略一點就有可能出錯。」

我點點頭，「我回去修改。」

「不夠。」他抬眼看我，「我要妳真的懂，講一遍給我聽。」

我不情願地陳述起自己的想法，但說到一半，卻發現他根本沒看螢幕，而是目不轉睛地盯著我。

我逐漸放慢語速，最後不自在地垂下目光。

季時予忽然開口：「錯了。」

「哪裡？」

「最後不是Client回ACK就結束，而是Server必須收到ACK，連線才能建立。妳的圖裡漏了這一步。」

我剛張口想辯解，門外忽然傳來幾名學生的交談聲。

「欸！我剛在群組裡看到，有人說季教授說他有喜歡的人耶，會是誰啊？」

「該不會是很久以前八卦板上猜測的那位……電競女神貝拉？」

「吼，你白痴喔——教授的辦公室在這，萬一他在裡面，聽見了怎麼辦？」

我渾身一僵，猛地轉頭看向門口。

季時予低笑一聲，語調慵懶：「怕什麼？」

我不悅地瞪去一眼。

他笑著繞至我身側，一手撐在椅背後，一手撐著桌緣，將我困於他和桌面之間。

他靠得很近，近到只要我稍微一動，就能擦過他的嘴唇。

「你……」我喉嚨一緊，身體往後仰，試圖拉開距離。

曖昧的氣息於空氣中流動，季時予的眼神灼熱，令人有種被剝開表層的赤裸感。

「像這樣被學生撞見……」他壓低聲音，極具誘惑力的嗓音在空氣中響起，「才是真的危險。」

我忍不住吞了口口水。

他的視線移至我的頸間，緊抿雙唇，像在極力壓抑某種衝動。

我伸手想推開他，他卻穩如磐石，我們就這麼僵持了幾秒。

「妳一點都不好奇，我喜歡的人是誰？」他慢慢地開口。

我呼吸紊亂，咬緊牙關側過臉，冷聲回話：「沒興趣。」

他凝視了我許久，久到空氣彷彿都凝滯了，才終於退開一步，語調慵懶地道：「妹妹如此冷淡，實在令人心寒。」

「關心你，跟關心你的感情世界，是兩回事。」我回道。

我該關心什麼？是關心你什麼時候開始喜歡貝拉？還是該問，你們發展到哪一步了？

他走回辦公桌，拉開椅子坐下，問：「晚上一起吃飯？」

我遲疑了幾秒，搖了搖頭，「……我和林育誠學長有約了。」

季時予沉默地睨著我，讓我感到不安。

「果然，少了層身分，事情就簡單多了，沒什麼顧慮。」

我眉頭一皺，「什麼意思？」

「沒什麼。」他淡然一笑，「只是沒想到妳會答應他的邀約，有點意外。」

我目光低垂，「我不太習慣交朋友，但學長人很好，所以……」

季時予沒讓我說完話，冷冷打斷：「報告明天上午前補交。妳現在可以走了。」

我抿緊唇，胸口像被什麼無形的重量壓著，堵得難受。

他盯著筆電螢幕，眉眼間多了一份疏離，彷彿將我隔絕在外。

我未再多言，轉身離去。

直到推開門的那一刻，我才忽然明白，這些年來，季時予對我，究竟有多麼不同。

我和林育誠約在位於市中心巷弄裡的一間義式小館。

餐館的外觀低調，只在門楣上懸著一塊黑底白字的方形招牌，很容易在行人匆匆的腳步中被忽略。

一推開門，我彷彿走入了另一個世界——柔黃的燈光溫柔傾瀉，異國旋律輕盈流轉，牆面上綠意盎然的植栽錯落地點綴著，歐式木桌搭配深色皮革沙發，桌上的燭光搖曳生姿，為空間添上一抹靜謐與雅致。

店內處處可見老闆的品味及巧思，讓來訪的客人們得以短暫地拋開忙碌的日常，在美食的撫慰中獲得片刻的寧靜與滿足。

菜單精簡，主打多款風味手工義大利麵，輔以精緻的開胃前菜、甜點與義式咖啡。

林育誠將菜單遞上時，順口說道：「我上週跟公司的前輩來吃過一次，價格實在，味道也不錯，環境又舒服，所以馬上就收進口袋名單裡了。」

我接受了他的建議，和他一起點了兩份不同的主餐，和一道前菜沙拉，再用空盤分著吃，這樣每道都能嘗上一點。

等餐的空檔，我們聊起他大四的實習經歷。

林育誠擅長自然延伸話題，即使我多半只是點頭附和、偶爾插話，他也能自顧自地聊得起勁。

「其實我起初沒抱太大的期望，能錄取算是運氣好。每天在公司裡都要處理不少頗具挑戰的任務，雖然壓力不小，但收穫也多。」他笑了笑，語氣輕快，「這週開始接觸的資安模組設計，簡直是場震撼教育，我忽然發現，未經實戰的網路資安，根本就是紙上談兵……」

直到餐點陸續上桌，進食期間，我才感覺到些微的尷尬。

我嘴裡咀嚼著麵條，卻嘗不出其中滋味。並非餐點不好吃，而是我的心神早已飄遠，不自覺地將此刻的感受，與和季時予相處時的感覺做了比較。

這並不公平，我知道。畢竟，我和季時予幾乎認識了大半輩子，縱然聚少離多，但被「兄妹」名義綑綁的我們，彼此熟稔的程度，自然遠超我和林育誠。

我的腦海裡忽然閃過，下午在辦公室，季時予看著我的神情。

「學妹？」

我眨了眨眼，「嗯？」

林育誠望著我，眉宇間帶著關切，「妳還好嗎？」

「怎麼這麼問？」

「只是覺得妳好像……有心事。」他溫柔地笑了笑。

我拿起水杯抿了一口，搖搖頭，「沒什麼，只是有份報告出了點問題，教授要我明早改好，剛剛突然想起來，所以有點走神。不好意思，學長。」

「沒事。」他溫聲回應，將沙拉盆推到我面前，「最後一顆干貝給妳。」

我帶著些許愧疚，接受他的好意，用公筷夾起干貝與沙拉，放進盤裡。

「如果妳遇到困難，可以找我，我很樂意幫忙看看。」他說。

「其實不難。」我心神不寧地回答，「我記得當時應該有標上去……」

林育誠沉默了一會兒，再次開口時，提起了害我始終無法專心吃飯的罪魁禍首。

「學妹，妳跟季教授……是從小就認識嗎？」

「他父親是我母親的再婚對象，他們在我讀國中時結婚了。」

「難怪你們看起來很親近。」林育誠笑著說。

「怎麼說？」

「妳那時年紀還小，季教授雖然沒比我們大多少，但畢竟差了六歲，對他而言，妳肯定是個惹人憐愛的小女孩。如果我有個像妳這樣的妹妹，大概也會寵著她吧，可惜我只有個弟弟，不過感情也不錯。」

可愛的……妹妹嗎？所以，季時予才會對我好……

「季教授以前是職業選手，不是在訓練就是在比賽，退役後又出國留學，所以，我們其實很少見面，談不上親近。」我試圖平靜地陳述著，卻無法掩飾語氣裡若有若無的情緒波動。

「怎麼會？季教授看妳的眼神，很溫柔啊。」林育誠撓了撓頭。

我發現，這似乎是他害羞時的習慣動作。

「我還因此把他當成——」他話說到一半，便停了下來。

沒等到後續的我輕聲問：「當成什麼？」

「其實也沒什麼……」林育誠笑著搖了搖頭，「你們相處得還好嗎？」

「見面的時候，還算和諧。」我如實回應。

他聽完，竟輕輕笑出聲。

有這麼好笑嗎？

一直以來，除了李采璇和陳品亦，其他人與我交談時總是小心翼翼，彷彿我天生帶著一層隔絕人群的屏障。可林育誠不同，他能自在地與我聊天，甚至讓我一度以爲，自己變得平易近人了。

忽然，我又想起了季時予。

季時予在與他人相處時，也總是帶著幾分客氣，唯有在隊友或是我的面前，才會流露出自然隨興的一面。

爲什麼呢？

我微蹙眉頭，對這突如其來的想法感到訝異。

「對不起，我是不是問太多了？」林育誠面露歉意。

「不，與學長無關。」我搖頭笑了笑，拿起叉子吃麵。

「既然沒有血緣關係，那妳對季教授……動心過嗎？」

他提問的語氣很輕，卻猶如石子落水，激起層層漣漪，在湖面擴散。

我差點被嘴裡的麵條噎到，咳了兩聲。

林育誠立刻遞來紙巾。我掩唇低咳，困惑地看向他，接著喝了口水，努力讓心跳平靜下來。

林育誠輕嘆一聲，苦笑著說：「我今天是不是有點怪？」

我揚唇，卻不知該如何回應，索性沉默。

他坐直身子，態度仍舊溫和，眼神卻比方才更加認眞，像是終於下定了某種決心。

「徐苒，我知道，我們認識的時間不算長，對妳而言，我或許只是個交情還不錯的學長。」林育誠的聲音溫柔，字字清晰，「但我很清楚，假如我不開口，那日後無論再怎麼努力，妳大概也只會將我視爲『很照顧學弟妹的好人』。」

這算不算在拐著彎說我遲鈍？還眞是令人哭笑不得。

「我經常會想起妳。」他頓了頓，語氣變得更加柔和：「我回學校辦事時，總是期待能遇見妳。其實有很多次『巧遇』，都是我刻意安排的。」他勾起唇角，看上去有幾分自嘲的意味。

我一時間不知該怎麼接話，只能安靜地聽他說。

「我認識一個和妳同年級的學弟，打聽過妳的課表，所以每次指導教授要我回學校，我都特意挑選妳可能會出現的時段，碰碰運氣。」他的耳根浮起微微的紅，「有時候見妳從中庭走來，我便會加快腳步，明明追得氣喘吁吁，卻裝得一派輕鬆，彷彿只是湊巧路過。」林育誠看向我，笑了笑，「很傻，對吧？」

「你爲什麼對我……」話到嘴邊，我忽然意識到這個問題有些多餘。

林育誠頓了一下，隨即失笑，彎起眉眼，「徐苒，我喜歡妳。」

我感覺他的話語裡多了幾分釋懷，那雙望著我的雙眼裡，沒有強求，只有眞誠。我置於腿上的手忍不住握緊了些。

「我沒別的意思，只是想讓妳明白我的心意。若妳願意，我想試著更積極一些，看看我們之間，是否有可能。」林育誠的目光懇切，語氣輕柔卻直接。

若理性評估，他的確是個「理想」的選擇。相似的背景、契合的價值觀、溫柔體貼。

但爲什麼我的心，卻在此刻遲疑了呢？

聽見他的告白時，我腦海中第一時間浮現的，甚至並非眼前的他，而是……季時予。

還沒來得及思考，我已輕聲開口：「學長，對不起。」沒有半分猶豫，更沒為這段關係留下後路。

林育誠沉默了一陣子後，才露出一抹淡淡的笑容，「沒關係，其實我早有預感。」

「什麼預感？」

「妳心裡，已經有喜歡的人了吧。」

喜歡的人……嗎？

我低下頭，假裝專注地捲著盤中的麵條，指尖卻微微顫動著。

後來，林育誠故作輕鬆地聊著系上的趣事，彷彿什麼都沒發生過。

然而我的思緒，卻早在那個瞬間，倒向了另外一個人。

我想起季時予那雙深邃的眼睛，每一次教人無法自拔的凝視，面對我時才會出現的溫暖笑容，以及那些隱祕卻眞實的溫柔。

原來，愛情從來都不是一道能計算的公式。它來的時候，是猝不及防的，偏心的，無可救藥的。

從很久以前，我的心裡就已經刻下了那個人的名字。

我希望他的眼裡只有我。

我希望他能對我說出那些不曾出口的情話。

我希望他能肆無忌憚地擁抱我……

燭火在餐盤間搖曳閃爍，映照出林育誠臉上溫暖的笑意，但我的眼裡卻再也容不下其他人了。

# 第八章 要命的喜歡

徐苒，妳聽好了，我很喜歡妳。

甫踏進玄關，還未脫鞋，我便聽見客廳傳來一聲輕響。燈是亮著的。

「妳回來了。」

季時予坐在沙發上，雙腿交疊，一手隨意地搭在膝上，另一手屈肘倚著沙發扶手，指尖摩娑著手機邊緣。

他神色平靜，卻無端透著一股壓迫感。

「你怎麼在這裡？」

「來確認妳的報告進度，怕妳忘了。」

「爲了一份報告特地跑來，不覺得誇張了點？」我順著他的話語調侃。

季時予勾唇，轉移話題：「晚餐好吃嗎？」

我腳步微頓，「還可以。」

「吃了什麼？」

「義式料理。」

「你們都聊些什麼？」

我避開他的目光，囁嚅道：「就……閒聊而已。」

空氣凝滯，我們之間像被塞進了一顆正不斷膨脹的氣球，隨時都有可能爆炸。

我雖已確認自己對季時予的心意，卻也明白，橫亙在這段關係裡的疑慮與傷痕，並非一朝一夕能解開，在理出個頭緒之前，我不敢貿然前進。

我轉身倒水，想逃避那份沉重，卻被他從身後扣住手腕。

他的掌心灼熱，指腹貼著我的肌膚，還未使力，便已教人無法動彈。

壓抑的情緒潛伏在靜默裡，像暴風雨來臨前的海面，暗流湧動。

我試圖抽手，他卻將我拉得更近。

「妳是真的不在意，還是覺得我沒資格知道？」他的嗓音低啞，字字如刃，帶著直擊人心的力道。

我很清楚，季時予今晚不是爲了報告來的，他是想確認我與林育誠之間的關係，是否發生了變化。

在經過幾分鐘無聲的拉鋸之後，季時予咬牙問道：「妳喜歡他嗎？」

我轉身，抬眼迎上他的視線，「現在討論這個，沒意義吧。」

「沒意義？」季時予嗤笑，語氣深沉，「那妳說，什麼才算有意義？」

他的話語如重錘般敲擊我的心口，下一秒，他突然將我拉過去，緊緊鎖在懷中。

「季時予，你——」

猛烈的吻壓了下來，我驚呼著想推開他，卻被他扣住手腕，壓進沙發。身體陷入柔軟坐墊的同時，他跟著俯身逼近，灼熱氣息洶湧而至。

季時予惱怒地低罵：「徐苒！妳快把我逼瘋了！」

我怔怔地凝視他。

「妳爲什麼從來不問我？」他問。

我聲音微顫：「……問什麼？」

季時予伸手覆上我的頸側，「問我爲何帶著妳一同沉淪，問我爲什麼要假裝什麼都不知道……爲什麼妳就是什麼都不問！」

眼前這個即便比賽失利，仍面不改色的男人，如今卻因我，顯露出迷惘及痛苦的一面。

「那晚，我沒喝醉。」他啞聲開口，彷彿用盡所有力氣，才吐出這句話。

一股怒意猝然竄起，如野火燎原般蔓延開來，我攥住他的衣襟，質問：「你是清醒的？」

「是。」

「一點都沒醉？」

「沒有。」

我用力地推開他，身體不停顫抖，「季時予，你怎麼能那樣對我？」

他急切地伸手想拉住我，「徐苒——」

「別碰我！」我甩開他的手，「不論什麼理由，都是藉口！」

他凝視著我，聲音低沉沙啞：「妳這麼生氣，是因爲我騙了妳，還是因爲和我發生關係？」

「重要嗎？」我怒極反笑，眼眶發燙，「虧我那麼信任你，以爲你眞的喝醉了，甚至還……」

「甚至還什麼？」他直直盯著我，「把話說完。」

胸口因高漲的情緒而劇烈起伏，我忍不住揚聲斥責：「你不是答應過季叔叔和我媽，要照顧我嗎？這就是你的照顧方式？不，這叫騙人上床！季時予，你太卑鄙了！」

他的眼神變得慌亂，雙手緊扣我的肩膀，「那妳說，我該拿妳怎麼辦？」

思緒一片混亂的我，被問得啞口無言。

「我原本只是想試試，若對妳親近一些，妳會不會抗拒，會不會逃開……或是願意爲了我留下來。」他低著頭，聲音裡藏著懊悔，「我低估了妳對我造成的影響，一碰到妳，我就失控了。那晚，看著妳在我懷裡意亂情迷，我根本停不下來……」

我耳根發燙，出言打斷：「夠了！我都記得，你別再說了。」他竟能不害臊地將這種話說出口……

「我以爲我已經夠遲鈍了，沒想到……妳比我更加後知後覺。」他低語道。

是我沒有勇氣面對他的情感，也不敢直視心底那早已悄然滋長的愛意……

「徐苒，妳以爲我爲什麼一取得教授資格就急著回國？」季時予將藏在心底的話，一一告訴我，「周阿姨說，她有把我回國的航班資訊給妳，但妳卻連一條訊息都沒有。我不貪心，只是想知道，妳可曾想起過我，哪怕是以『妹妹』的身分。」

我張開了口，最終卻只是低聲問：「所以……那一夜，是你設計的？爲了試探我對你的感覺？」

「如果我不是妳名義上的哥哥，是不是就能正大光明地接近妳了？」他喉結滾動，苦笑著說，「我原本打算隔天一早就向妳表白，而不是繼續躲在『哥哥』這層身分後面，自欺欺人地守著妳。但當我醒來，看見妳逃得那麼快，我怕妳其實後悔了，怕妳覺得噁心……於是我想，或許我該再緩緩……只是沒想到，等來的只有快被嫉妒給逼瘋的自己。」

我因他的這一番話，與臉上落寞的神情而動彈不得，失速的心跳幾乎要衝破胸膛。

「我曾問過妳，若有一個人，寧可辜負一切，只爲了能擁有妳……妳會不會動心？」他低沉的嗓音，如夜間的浪潮，一層層拍打著我的意識。

他投來的視線，似乎欲穿透我的靈魂，看看我的眞心。

我吞了口口水，望進他的眸光深處，輕應：「嗯。」

季時予低低笑開，聲調輕淺，像一縷羽毛落在了心尖，「現在想來，我究竟是從什麼時候開始明白，大人們爲何會爲了愛情做出自私的決定……」

他低垂著眼，指腹輕柔地摩娑我的手腕，「或許是，當我意識到，自己愛上妳的時候。」

說完，他鬆開對我的箝制，背過身去，「我不是什麼道德感特別高的人，也許，我和我母親一樣，骨子裡流著對愛情的執念。所以，有血緣也好，沒血緣也罷，對我而言，都不重要。」

感受到他話語裡隱含的偏執，我屏息以對，一時無法消化這濃烈而沉重的情感，「……你說這些，是希望得到我什麼回應？」

季時予走向玄關，彎身穿鞋，「妳不需要回應。」

我怔怔地望著他的背影，心中百感交集。

「徐苒，我不會再逼妳，」他手握門把，語調平穩，「但我也不會退讓。我說這些，只因爲，我不想再當妳的哥哥了。」

我緊抿著唇，發不出聲。

「好好休息，明早我會看妳的報告。」說完，季時予關門離去。

我僵立於原地，胸口彷彿被剛才的某幾句話狠狠撞了一下。

「我不會再逼妳，但我也不會退讓。」

「我說這些，只因爲，我不想再當妳的哥哥了。」

雖然季時予的眞心話，令人感到疼痛，但，我對他的那份情感，似乎也已……再難隱藏。

✦

早八的課剛結束，我收拾好東西準備離開教室時，陳品亦忽然打電話給我，於是我停在走廊邊接聽：「喂？」

電話那頭傳出她略顯疲憊的聲音：「小苒，我記得妳下午有課，但如果可以……妳能陪我去一趟嗎？」

「去哪裡？發生什麼事了？」她突如其來的請求令我一頭霧水。

陳品亦沉默了一下，遲疑地提出請求：「我想請妳陪我去找我男友。」

我眉頭微蹙，心中剛升起的預感，立刻被她接下來的話印證——「我懷疑他劈腿。」

「這段時間，他有什麼異常舉動嗎？」

「其實……」她深吸一口氣，淡淡說道：「我之前不是沒有懷疑過，但人總是這樣吧，越害怕的事，越不願面對，就連別人的提醒，也都聽不進去。」

她像是在自言自語，語氣裡帶著歉意及懊悔：「我眞的很後悔，那天因一時衝動，口不擇言，踩中了李采璇的痛處。當時我只顧著自己的情緒，完全沒考慮她的感受。後來又因爲尷尬和心虛，乾脆直接下線……她一定很生氣吧？」

我無法代替李采璇回答，只能如實說：「她後來在群組裡發了幾則訊息，但妳一直已讀不回。」

「我實在不知道該怎麼開口。妳平常就不太參與我們的閒聊，那天我說了那些話後，又拉不下臉去道歉，所以……」她吸了吸鼻子，聲音低了些，「我想先處理好男朋友的事，再好好地向李采璇道歉。」

我望著樓下川流不息的人群，沉吟片刻後，輕聲答應：「好，我陪妳去。」

「……謝謝妳，小苒。」她似乎沒料到我會答應得這麼快，話裡除了感激，還有難掩的驚喜。

我蹺掉了下午的課，陪陳品亦搭上南下的高鐵。

她穿著一件寬鬆的帽T，長髮垂落於肩，神情憔悴。見到我時，她勉強擠出一抹笑，語氣裡仍帶著幾分歉意：「對不起，讓妳蹺課陪我跑這一趟……」

「沒關係。」我的視線掃過她的臉色以及那緊握在手裡的車票，「這幾天都沒睡好嗎？」

「嗯……一閉上眼就容易胡思亂想，不知道是自己太敏感，還是……事情真如我所懷疑的那樣。」陳品亦低聲說著，和我並肩坐進對號座，身體縮了起來，指尖捲著袖口。

從她臉上的神色，到那些不經意的小動作，每一處都寫滿了不安。

列車啟動，窗外的風景迅速地向後掠去，車廂內很是靜謐，彷彿與現實隔絕。

「妳發現什麼了？」我問。

她沉默了好一會兒，才緩緩開口：「上週，黃明修說家裡有聚會，週末不能北上陪我，但禮拜天，我朋友卻傳來一張照片……說在咖啡廳看到一個和他長得很像的男生，和一名女生在一起，互動看起來……十分親密。」

她咬了咬唇，嗓音微啞，「那女生的側臉，我好像在哪次社群推播的貼文裡見過……但我不敢翻，也不敢查她是誰，因為一旦查了，或許我就得面對某個我不想承認的眞相。」

話說到這裡，陳品亦深吸一口氣，眼眶泛紅，「就算想欺騙自己，也騙不過內心那七上八下懸著的感覺。」她低下頭，手捏著膝上的牛仔布料，過了一會兒才再度開口：「這段時間，他講電話時總是心不在焉，訊息回得越來越慢，後來甚至已讀不回。我一開始還想說他太忙，要兼顧學業和打工，應該體諒他，是我想太多……」

她抬起頭，目光在空氣中停留了片刻，忽地自嘲般地輕笑，「可再多的自我安慰，也敵不過一張照片。」

車廂內的溫度有點低，我向服務人員買了一杯熱咖啡給她。

「如果眞的確認他劈腿了，妳打算怎麼做？」

陳品亦接過咖啡，淺嘗幾口後，搖了搖頭，「我也不知道，只是想先把事情弄清楚，不想再靠猜測過日子。至於其他的……到時候再說吧。」她說完，轉頭望向我，眼裡帶著一絲羨慕，「小苒，妳總是能那麼冷靜，眞好。」

我垂下眼，淡淡地道：「冷靜只是因為我不知道該怎麼安慰妳。有時候說太多話，反而成了負擔。」

「但我寧願聽些無聊的話，也好過一個人腦補。」她嘀咕著，蒼白的臉上浮現一點無奈的笑意。

我們各自沉默了一陣子，直到列車廣播響起。

望著窗外的風景，我緩緩道：「我們先把事情弄清楚，若真如妳所想，那便一起面對，事情總會有辦法解決。」

陳品亦的神情比剛才更平靜了些，她偏頭看我，半開玩笑地說：「有時候聽妳說話，真的像在讀一本說明書耶。」

「妳可以把我當成導航。」我難得開了個沒什麼趣味性的玩笑，「妳走到哪裡，我就陪妳到哪裡。」

陳品亦十分捧場地笑了笑。

列車快到站前，她忽然問：「對了，那林育誠呢？你們怎麼樣了？」

我原本靠著椅背閉目養神，聽見這句話，心跳頓時漏了一拍。

我低下頭，過了幾分鐘，或許更久，才低聲開口：「其實……那個人不是林育誠。」

陳品亦皺眉看我，「什麼意思？」

我有點後悔自己的坦白，明明可以繼續隱瞞下去的，但我……還是想誠實地面對她。

我清了清乾澀的喉嚨，說話的聲音像貼在嘴唇邊，含糊不清，「那晚……我一夜情的對象，不是林育誠。」

陳品亦一時半刻沒能反應過來，愣了好一會兒才支支吾吾地問：「所、所以，妳之前說的那些……全是假的？」

「大部分是眞的。」我深吸一口氣，「只是過夜的人，不是他。我不是故意騙妳們的，只是……不知道該怎麼說出口。」

「那……那個人是誰？」

我強忍著心頭那股羞愧與遲疑，吐出那個名字：「季時予。」

車廂在這一刻靜得出奇，周圍彷彿只剩下她那不可置信、凝滯在我身上的目光。

「我知道不該隱瞞。」我略感無力地開口，「也知道，雖然妳們總是嘻嘻哈哈地說笑，可對我的關心，一直都是眞心的。只是我怕會……讓妳們失望，更怕自己在尚未釐清所有事情之前，就被追問一堆連我自己都回答不了的問題。」

陳品亦看著我，眼神柔和了些，許久不語。

我以爲她生氣了，或許會說些刺耳的話，然而最後，她只是搖搖頭，輕聲道：「肯定很難開口吧。」

她笑了笑，靠回椅背，「我猜，那晚妳會把自己交給他，並非衝動使然。」

「爲什麼？」

她側頭睨了我一眼，聲音很輕，卻猶如一片落葉輕輕地墜入心湖，漾開波紋，「我想，是因爲喜歡吧，只是妳比較晚才發現。」

簡單一句話，就揭開了我懸而未語的祕密。

「記得有次我和采璇聊天，還開玩笑說，季時予確實像個哥哥一樣照顧妳，但他對妳的那份特別，總讓人感覺有些微妙，和兄妹之情不太一樣。」

我喉嚨發乾，莫名緊張起來。

「當時我們就在想，如果哪天妳喜歡上他了，一點也不奇怪。只是妳呀……遲鈍又顧慮得多，把那條以兄妹為名的界線看得太重，所以恐怕根本不敢去想。」

我輕咬嘴唇，想起李采璇在高中時，與我分享過的感情觀。

「以前，我曾經和李采璇說，每次妳去見喜歡的人時，總是步伐急切，像在追逐著什麼似的。」我皺了下眉，吐出一口氣，低聲續道：「她說，那是因為喜歡。因為喜歡對方，所以無論何時、何地，都想不顧一切奔向對方。」

陳品亦笑著點頭，「是啊，她說得沒錯。當妳喜歡上一個人時，會經常忍不住地想見到他，哪怕只是多看一眼也好。去見他的路上，心臟撲通撲通地跳，分不清是因為跑得太急，還是因為太過期待。妳會捨不得讓他多等，因為你們能相處的每一分、每一秒，都彌足珍貴。」

她頓了頓，眼神柔和了下來，「當妳知道他需要妳時，就會變得急切，恨不得立刻出現在他身邊，接住他所有的情緒。妳會希望，無論他快樂或悲傷，自己都能待在他的身邊。」

記憶隨著陳品亦的話，一幕幕湧上心頭。

我想起小時候，爸媽離婚那天，季時予從訓練基地跑出來找我。

想起他代替媽媽，不顧自己職業選手的身分，去學校接我。

想起他對我說，我不需要仰望他，因爲他會來到我的世界。

想起他爲了我，拋下繁忙的課業、犧牲休息時間，搭機往返兩地，只爲了在爸爸過世、我和媽媽爭吵時，陪在我身邊。

甚至，連回國任教，也是因爲我。

而我呢？

我不曾爲季時予改變過自己的人生規劃，甚至一度覺得，就這樣得過且過也沒什麼不好。

但他卻始終如一，毫不遲疑地奔向我。

列車進站，廣播聲響起，將我從思緒中帶回現實。

下車前，陳品亦問：「所以，季時予說他喜歡妳嗎？」

我垂下目光，無聲默認。

她輕輕一笑，「那妳呢？妳對季時予，又是什麼樣的感情？」

無論是正值電競舞臺的巔峰時期，還是退役後選擇走入教職，季時予所做的每一個決定，都將我擺在了最優先的位置。

在那些重要的時刻，他總是毫不猶豫地，選擇了我。

從來，都是他選擇了我。

那我呢？

我是否也能像他一樣，毫無保留地愛他？

車站月臺人聲鼎沸，我盯著手機螢幕，直到看見第五通來電顯示，才終於接起電話。

「爲什麼蹺我的課？」季時予的聲音聽起來冷靜，卻暗含一絲不悅，「徐苒，這可不像妳。」

我一手扶著肩背帶，一邊跟著陳品亦快步朝公車站走，「事急從權，臨時決定陪朋友南下處理一些感情上的麻煩事。」

他低哼一聲，「妳什麼時候開始對別人的感情糾紛如此熱衷了？」

站牌前，陳品亦比手畫腳，催促我搭上即將進站的公車。我撥開耳邊的髮絲，語氣略爲急促地道：「季時予，我現在沒空跟你討論這個。」

那頭靜默了幾秒，繼而追問：「妳在哪？」

我報了一個地名，但訊號斷斷續續，不確定他能否聽清。

電話裡，他的聲音也被雜音吞去大半，我只聽見最後一句話，「……誰的感情問題？」

「陳品亦。」我簡短回答，又補充道：「她懷疑男友劈腿，想確認一下，所以找我陪她來。」

這次，電話另一端陷入更長的沉寂，久到我以爲電話被掛斷了。我拿開手機一看，確定通話時間仍然在跑後，才將手機貼回耳邊。

一聲極輕的嘆息溢出，「把妳們要去的地址發給我。」

「季時予——」

我才剛開口，就被他冷冷地截斷：「妳去哪、因爲誰，我不在乎。姑且不論妳是我妹妹，在學校，妳是我的學生，我有責任管。更何況，妳還是我喜歡的人。」

他的語氣平穩得像在陳述一項早已被確認的事實。

很不浪漫，我必須說。

他敘述的方式，就跟某天抬頭看向天空，發現上頭一片烏雲密布後，淡淡地下了個結論：「啊，快下雨了。」沒有鋪陳，沒有起伏，只有簡單的事實陳述。

我在心裡翻了個白眼，正想吐槽兩句，又聽見他道：「而且，我不放心。」

好吧，至少這句話，還算動聽。

根據陳品亦對黃明修日常行程的掌握，我們跑了幾處他有可能出沒的地點，可惜都撲了空。

黃明修既不回訊息，也不接電話，連想從他嘴裡套出半點有用資訊的機會都沒有。

所幸，要離開黃明修打工的便利商店時，我們恰巧碰到一名準備接班的女員工，和她說明我們的來意後，她或許是動了惻隱之心，主動遞來這個月的班表。

一經核對，便發現黃明修的上班時間，與他告訴陳品亦的時間，根本就對不上。

眼下，只剩最後一個地點可尋。

夜幕低垂，路燈灑下橙黃光暈，我和陳品亦站在黃明修租賃的公寓對面。她臉色發白，手緊攥著背帶，怔怔地望著前方。

那頭，黃明修正站在公寓門口，與一名打扮時髦的女子道別。他自然地捧起對方的臉，在她的額頭上落下一吻。

隨後，他靠在牆邊，點起一根菸，慵懶地吞雲吐霧，再慢條斯理地抖落菸灰。

在此之前，我對黃明修的印象，僅止於陳品亦曾在群組裡分享過的一張合照——一個熱衷於打扮、帶點痞氣的男人。

如今見到本人，我只能說，照片掩蓋了他的粗俗，現實比預想的更教人失望。

陳品亦神色複雜，邁開腳步，一步步朝他走去。

她站定於他身後，聲音顫抖地問：「她是誰？」

黃明修愣了一下，轉過身，臉色在錯愕與猶豫間轉換，最後只剩下不耐，「妳怎麼跑來了？」

「她到底是誰？」陳品亦睜著泛紅的雙眼，再度追問。

黃明修皺眉，語氣帶刺：「就一個朋友。」

「朋友會牽手，會親額頭？」她沉聲質問。

「陳品亦，妳鬧夠了沒？」他煩躁地撇開視線，「就我們這種關係，妳看到又怎樣？明明心知肚明，還需要我說破嗎？」

陳品亦聞言，既沒再開口，也並未落淚，只是靜靜地杵在原地，唇色發白。

「遠距離戀愛本來就這樣。平常發個訊息、講幾通電話，感覺好像是在談戀愛，但我們都知道，也不過就圖個新鮮而已。」

他的語氣輕浮，滿嘴渾話，像在敘述一件微不足道的瑣事。

「說到底，要不是妳太無趣，我也不至於這麼快就厭煩。」

沒等他說完，我已走上前，「你要分手可以，但至少該有點擔當吧？劈腿被抓包，還將事情推得乾乾淨淨，未免也太可笑了。」

「妳誰啊？」黃明修深吸一口菸，再刻意往我的方向吐，「這是我和她的事，輪不到妳這個外人插手。」

「你若早說要分，我自然會走。」陳品亦冷笑，終於開口，「無需大費周章地藉由劈腿來證明自己有多渣。還是說，你以為我會對你死纏爛打？」

黃明修的臉色瞬間變得鐵青。

「反正我也只是和你玩玩而已。」陳品亦語調淡然，說的每一句話都踩在他的自尊上，「你以為我有多在乎你？我也只是無聊，拿你當消遣罷了。瞧你那副得意忘形的樣子，簡直可笑至極。」

黃明修的臉色沉了下來，他彈掉菸蒂，似乎有些惱羞成怒，「居然敢耍我？」

見他步步進逼，彷彿隨時會動手，我擋在陳品亦前面，亮出手機螢幕上的一一〇撥號畫面，「你敢再往前一步，我立刻報警。」

「操！妳這臭——」他憤怒地咒罵，朝我衝來。

大腦雖發出了逃跑指令，但我的身體反應卻慢半拍。我下意識地想往後退，卻因閃避不及而踉蹌，失去重心。

在我快要摔倒之際，一隻結實有力的手臂穩穩接住我，將我護在懷裡，低沉冷冽的警告聲隨之響起：「你夠了。」

我依循熟悉的聲線抬頭，是季時予。

黃明修暴躁地抓亂頭髮，滿口粗話：「你他媽又是誰啊？」

季時予的嗓音冰冷：「你不需要知道我是誰，因爲你惹不起。」說完，他扭頭問陳品亦：「這樣的男人，妳還要嗎？」

陳品亦輕輕搖頭，緊抿唇瓣，眼底滿是強忍的羞愧與悲傷。

「很好。」季時予頷首，目光再次落回黃明修身上，「既然分手已成定局，就別再出現在她面前。你若敢再多說一句，我保證會讓你從那一秒開始後悔。」

季時予揚起一抹極淡的笑容，卻陰冷得教人不寒而慄。

黃明修咬牙切齒，啐了一聲，用力踹了地面幾下。季時予微微側身，擋在我和陳品亦前面，眼神冷得恍若結霜。

黃明修一個激靈，罵聲卡在喉嚨，悻悻然地走進公寓，大門被他重重地甩出「砰」一聲巨響。

季時予低頭打量我，「妳沒事吧？」

「沒事。」我搖了搖頭。

陳品亦默默掉下眼淚，吸著鼻子喃喃自語：「我是不是眞的很失敗？連場戀愛都談不好……」

感情從來就沒有標準答案，我只能安慰道：「我記得有位作家說過，『人生漫長，不可能事事盡如人意。不是得到，就是學到。愛情亦然』。」

陳品亦聽得一怔，暫時停止了哭泣，但就在我以為成功安慰到她時，她突然嚎啕大哭，「那也不是像我這樣的吧……總是在學習，卻毫無收穫，還十之八九都遇到渣男……嗚嗚嗚……」她哭得更大聲了。

我無奈地扶額，只覺得腦仁發疼，於是我轉頭輕拉季時予的衣角，向他投以求救的眼神。

他低笑一聲，揶揄：「喔……『十之八九』這詞，還能這麼用？」

我眉角微抽，忍不住翻了個白眼，「這位哥哥，叫你別來你偏要來，那現在既然人都來了，好歹幫忙安慰她一下吧？」

季時予的目光越過我，看向正抽抽噎噎的陳品亦，搖頭，「學生的感情問題，我不便插手。」

「她又不是你的學生。」我嘟囔著反駁，「而是……『妹妹』的朋友。」

季時予瞇起眼睛，表情看上去，似乎對我自稱的身分感到不滿，伸手彈了一下我的額頭，「可惜，我並沒有把妳當成妹妹。」

「季時予，你——」我真的會被他氣死。

他雙手抱胸，目光在我身上流連，嘴角勾起一抹慵懶的笑，「果然，一離開校園，我們家小公主就活潑多了。」他的語氣輕浮，卻難掩溫柔，「不枉費我千里迢迢趕來,找了妳大半座城市。」

他從外套口袋裡掏出一包衛生紙,塞進我手裡,拍拍我的手背,示意我遞給陳品亦。

陳品亦接過衛生紙,一邊拭淚,一邊忍不住輕笑,「你們兩個可眞有意思……我剛分手,哭得眼睛都痛了,你們居然還在旁邊鬥嘴?」

我瞪了季時予一眼,以口形道:「都、怪、你。」

他裝出一副無辜的模樣,輕揉我的髮頂,笑得像哄小孩般溫柔。

月臺上,涼風輕拂,帶走一身白日的悶氣。

空曠的視野裡,遠處燈火零星閃爍。

最後一班返程的高鐵即將進站,我們三人並肩而立,本就冷清的氛圍裡,此刻多了幾分微妙的沉默與尷尬。

陳品亦的眼角仍微微泛紅,但情緒已平復了許多,甚至主動開口打破這份靜默:「季教授,你以前遇過這麼狗血的戲碼嗎?」

「狗血?」季時予微勾唇角,聲調帶著一絲玩味,「不,妳這劇情還不夠格,充其量只是在巷口被野狗咬了一口。」

「原來大名鼎鼎的Driv,講話也這麼毒啊。」陳品亦在我耳邊咕噥,「感覺他跟李采璇肯定能成爲好朋友。」

陳品亦盯著他看了一會兒,忽然輕嘆,「我之前看過一篇心理分析,說人天生會傾向親近與自己性格相近的人，這也是偶像崇拜心理學的基礎，但爲什麼……我的前男友們，感覺跟季教授差了十萬八千里？」

季時予聞言，將視線移向我，微挑眉梢。

見他露出困惑的表情，我解釋道：「品亦之前交往的幾任，有幾個是你的粉絲。以前你比賽的時候，他們每場直播都會準時收看，其中還有一個，在你當年宣布退役後，難過到直接把遊戲刪了。」

季時予眼底掠過一抹危險的亮光，唇角徐徐上揚，「妳確定他們是粉絲？不是黑粉？」

「什麼意思？」我一怔。

他笑著說：「照陳品亦剛才的邏輯，他們如果眞的崇拜我，應該也多少跟我性格相近吧？但看起來……他們人品似乎不太行。有這種粉絲，好像對我不太加分。」

我打了個寒顫，「你笑得這麼可怕……」下意識向後退了幾步，倚靠在月臺欄杆上，「你接下來該不會想問他們的名字吧？」

季時予收起笑意，語氣聽似平靜，說出來的話卻令人背脊發涼：「不想，知道了還得挑一個出來打，太麻煩。」

一旁哭得滿臉憔悴的陳品亦聞言，忍不住笑出聲來，雖仍帶著些微鼻音，卻已經比剛才開朗許多。

列車呼嘯而過，窗外燈火被速度拉成一片流動的光影。

車廂內，某種說不上來的氛圍正在悄悄醞釀。

我們坐進三個位子連成一排的對號座。陳品亦說想補眠，她戴上耳機，拉起帽T的帽子，側身背對我們面向窗外。

我不知道她是否刻意想爲我們留些空間，但這樣的舉動，其實只會讓氣氛越發尷尬。

方才一心掛念著陳品亦，無暇顧及其他，直到此刻，我才察覺季時予那難以忽視的存在感。

我偷偷瞄向他，心跳不自覺地加快。

他正在和推著餐車的服務人員說話，不久後，他便接過對方遞上的兩杯飲品，轉身將其中一杯給我，「太晚了，喝這個吧。」

我低頭看了看手中的飲料，又瞥向他手裡的，問：「你那杯……也是熱可可嗎？」

「咖啡。」

「季時予，你太雙標了吧？」我挑眉，斜睨了他一眼。

他抬手揉了揉太陽穴，這才讓我察覺他眼下那難掩的疲態。

「你不該特地下來找我們的，學校這時候應該很忙吧？」轉眼就要期末考了。

他抿了口咖啡，唇角微揚，「沒事。」

我別開視線，嘀咕：「說什麼不想再當哥哥，結果還不是一樣在照顧我……」

感覺身旁有股氣息靠近，我一轉頭，便對上他那專注的雙眼。

他側身支肘，撐著下巴，笑得似有深意，「記得呼吸呀，小笨蛋。」

這個稱呼，他以前也偶爾會喊，但如今再聽，卻多了幾分曖昧的味道。再加上此刻這般姿勢，落在旁人眼裡，恐怕怎麼看都像是在調情。

「你坐這樣，不會閃到腰嗎？」

「別擔心，我腰力很好。」他挑眉，語氣壞得過分自然，「妳不是知道嗎？」

我羞惱地瞪他一眼，「這就是你要的新的相處模式嗎？講話一點都不正經。」

「那我該說點什麼，才夠認眞？」

季時予專注的目光，令我感到無所適從，連呼吸也亂了頻率。

腦海裡，突然蹦出那晚之後，陳品亦在群組裡說的玩笑話——開葷後會進入性慾飢渴期，小心喲。

我的臉頰瞬間變得滾燙，當時只覺得她在胡說八道，如今卻不禁開始懷疑，這一切或許早有徵兆。

因爲自那晚後，只要季時予一靠近，說出某句話，或做出某個舉動，我就得相當費勁，才能維持鎮定，不讓自己露餡。

「好了。」他拖長尾音，終於坐直身子，「不鬧妳了。」

已經太遲了，即便只是像現在這樣，安靜地並肩而坐，我的心跳也早已爲他失控，再難平復。

舔了舔乾澀的唇，我低聲問：「季時予，你不打算睡一下嗎？」

「不睡。」

我捧起熱可可，輕抿一口，藉著溫度安撫情緒。沉澱了片刻，我終於問出壓在心底許久的疑問：「當年，你毫無預警地在巔峰時期退役，除了職涯規劃之外，另一個原因……眞的和我有關嗎？」

良久之後，季時予才慢條斯理地開口：「我必須提前做出長遠的規劃，因爲我想給妳一個安穩的未來。」

「如果只是爲了經濟上的穩定，你這些年賺的錢，早就足夠讓我們衣食無憂了。」

「但那不是妳想要的。」他闔上眼，聲音低得好似拂過耳畔的晚風，「自從發現自己喜歡妳，我就知道，自己身處的世界，並非妳所嚮往的。」

我心頭一震，耳邊彷彿再度響起了那句話——妳不需要仰望我，因爲我會過去，去那個有妳在的世界。

「但……那是你的興趣和事業，」我咬了一下唇瓣，莫名地感到心慌，「不是每個人都能像你那樣，爲了成爲頂尖的電競選手，奉獻大半青春。你沒有時間叛逆，沒有機會成爲問題少年，甚至連撒嬌、偷懶的空閒也沒有。」

季時予輕笑一聲，「怎麼說得好像只要我正常地去上學，肯定會惹事生非似的。」

「你的行爲我不確定，但你這張臉，絕對會讓身爲妹妹的我不得安生。」

他忍俊不禁，肩膀微微晃動。

「你大概不知道，光是你來接我，還有那次讓隊友在畢業當天送花到學校，就給我惹了多少麻煩。」

他無聲喟嘆，垂眸啜了一口咖啡，「在我還能把遊戲打好的時候，我選擇留在那個圈子，但自那之後，我最想做的事，就是留在妳身邊，和妳在一起。」

他沒有直接地說出「喜歡」，卻字字句句都是告白。讓人心動的同時，又感到隱隱作痛。

「我知道，唯有做好萬全的準備，才有資格去愛妳。如果妳眞的想知道原因，其實就是這麼簡單。」

我怔怔地望著他，唇瓣微顫，勉強地擠出聲音：「你爲什麼喜歡我？我有什麼特別的？是因爲我以妹妹的身分，剛好成爲了離你最近的人，所以近水樓臺……」

「別問我。」他失笑，「但凡我知道的，絕不會瞞妳。但這件事，我給不了答案。」

「是因爲我和其他人不一樣，對你的臉和天分無動於衷嗎？」我自顧自地分析，「以前常聽人說，言情小說裡的男主角，總是會被女主角的冷淡所吸引……」

「如果妳這麼理解我的心意，那我可要傷心了。」

「但我就不懂了，明明只有我在驚慌失措，爲何你卻——」我皺著眉轉過頭，話還未說完，季時予便忽然伸手捧住我的臉，俯身吻了下來。

沒等我反應，他便拉起我的手，貼在他胸前。

他的心跳，強勁紊亂，即使隔著衣料，我也能感受到那熾熱的溫度。

我頓時安靜了下來，原本要說的話，全被堵在喉間。

「誰說我不曾感到慌亂？那只是因爲，妳從來沒有聆聽過我的心跳。」他稍稍施力，讓我的掌心更貼近那急速跳動的心臟。

「現在，妳還要視而不見嗎？」他的眼神深如星海，藏著能將人淹沒的柔情。那劇烈的心跳，像是要將我所有的猶疑與防備，一一瓦解。

季時予輕輕放下我的手，接著小心地握住。

「既然喜歡，爲何失聯……」我低聲問，「如果是眞心的，怎麼能忍得住，這麼久都不聯繫我？」

他笑著接住我瞪過去的眼神，仰頭長嘆一口氣，「看來我得把所有事都說清楚，妳才能停止腦補。」

他再度開口時，神情變得認眞，「我跟我爸，還有妳媽，說了我喜歡妳的事。」

我睜大眼，訝異得微微張口。

「周阿姨一開始有許多顧慮，我能理解，所以我把退役的原因，還有我爲妳做的每個決定，都如實告訴了她。」他揉著我的手，語氣溫和，「她花了些時間消化，最後提出了一個條件。」

我眉頭微蹙，隱約猜到了答案。

「她希望我在妳畢業前，盡量不要和妳聯絡，也不要見面。」他側頭看我一眼，柔聲續道：「聽起來像是在爲難我，但她說，這段時間不只是考驗我對妳的感情，也是希望妳能好好看清自己的心。」

「爲什麼要對我媽說那些……」我的聲音有些顫抖，情緒翻湧，「就算不經過她同意也可以……她當初嫁給我爸的時候，也沒有想清楚自己要什麼，所以最後才會……」

「正因爲她走過那段路，傷害了叔叔和妳，所以才會不希望我們重蹈覆轍。」他輕撫我的臉頰，「那兩年見不到妳，也鮮少得知妳的消息，讓我想念得幾乎要發瘋，但我只能拚了命地盡快完成學業，而這也讓我更加堅信自己的選擇。」

聽及此，我竟莫名地感到有些委屈，「所以……你之前跟我說的那些不聯絡的理由，其實只是不想讓我知道實情的藉口吧？」

「也不盡然，多少還是有點眞實成分在的。」季時予屈指輕刮了一下我微微皺起的鼻尖，握住我的手，目光眞摯地說：「徐苒，妳聽好了，我很喜歡妳。」

我的心臟彷彿隨時會從胸口蹦出來，那份強烈的悸動，比我的嘴巴和理智都先更誠實地回應了他。

「就算妳現在還沒那麼喜歡我，也沒關係，我可以等。」

我的眼眶微熱，因他溫柔堅定的告白而感動。

可果然啊……深情不過幾秒，季時予驀地靠近，貼在我的耳邊低語：「畢竟，那一夜妳的反應，我可是都記得一清二楚。」

簡直腹黑得可以！

我忍不住咕噥了句：「你現在是覺得，自己值得我託付終生，是吧？」

他輕輕一笑，垂眸凝視我，嗓音低沉柔和：「值不值得，不是我能決定的，但我會努力成爲那個，即使妳把整顆心都交給我，也絕對不會後悔的人。」

語畢，他迅速親了一下我的耳垂。我還來不及抗議，便聽見廣播響起，通知乘客，列車即將抵達終點站。

季時予彷彿什麼也沒做似的，神情從容，不疾不徐地提醒：「啊……到站了，該把妳朋友叫醒了。」

✦

陳品亦每次失戀，都會將生活裡有關對方的事物徹底清空，這回也不例外。

分手當天，一回到家，她便著手抹除所有與黃明修相關的痕跡——照片、訊息、禮物，全都被她掃進垃圾袋，連帶回憶也一併封存，毫不留情地打包丟棄。

凌晨四點，陳品亦在沉寂已久的群組裡拋出一句：「黃明修劈腿，我們分手了。」

中午，李釆璇打來電話，語調有些慵懶，一聽就知道剛睡醒。

「她昨晚不睡覺，是『潔癖』又發作了吧？」她說。

昨天陪陳品亦南下時，我偷偷向李釆璇提起過，所以她對這件事也略知一二。

「能果斷斷捨離，也是一種清醒。雖然有些人分手後照樣用前任送的東西，但在這方面，我和品亦的想法倒是一致。」

「我怎麼忽然覺得好像掃到颱風尾了……」李采璇哀怨道，因爲她就是那種分手後，還能繼續用前任送的禮物的人。

電話那頭傳來指甲敲擊螢幕的聲音，不久，李采璇突然冷笑，「我看啊，陳品亦斷得再怎麼快，也快不過人家公開新戀情的速度。」

原來她去翻黃明修的社群帳號了。

難怪常言道，感情這種東西，看似珍貴，實則脆弱，轉身便能棄如敝屣。

「徐苒，妳覺得我要安慰她嗎？」

我輕挑眉梢，正要開口，她又急著說道：「唉，那次吵得太凶，現在想幽默帶過怕會尷尬，認眞安慰又擔心踩雷，講什麼都不對……」

「李采璇，妳跟男人分手都沒這麼糾結。」

她大聲哀嚎：「友情和愛情，那能一樣嗎！」

電話掛斷後，過了十幾分鐘，群組裡便跳出她的訊息。

「終於願意出土了喔。」她附上一張土撥鼠探頭的貼圖，接著又傳來一句：「唉，人生在世，誰沒遇過幾個渣男呢？最好的永遠在後頭，前面的就當打怪了。」

看完李采璇那兩句話，我忍不住笑出來。她煩惱了半天，結果還是講些沒營養的話。我搖了搖頭，心想，論直線思考，有時候連我都不是她的對手。

投影片已播到第四十頁，我才猛然回神，發現自己連一個字也沒聽進去。講臺上的季時予，仍以一貫沉穩的語調，講解今日課程的重點。

我握緊手中的筆，掌心微微沁出汗來。

自從季時予向我告白後，我們之間似乎出現了一些微妙的變化，卻又難以明言那改變究竟是什麼。

在學校裡，他仍是那位冷靜、理性的季教授，偶爾會在課堂上點我回答問題，與我維持著師生間該有的分寸與距離。

除了這堂由他代理的必修課，我們幾乎沒有其他交集，但不知為何，我總能從各種零碎的訊息中，得知他的動向。

比如，聽說他又被某位教授拉去辦公室泡茶，或者在學校附近的某間超商買了杯黑咖啡。這些不經意傳來的消息，悄悄滲進我的校園生活。

有時，我們在樓梯間擦肩而過，他會故意放慢腳步；有時，我前往其他教授的辦公室討論報告，在走廊上偶遇他，他會在離開前，多看我一眼。

而今日在課堂上，我明顯察覺到他那幾次若有似無的目光……

「這題有兩種處理方式，哪一種較爲穩定？」季時予停頓片刻，點名了坐在我旁邊的男同學，但他的目光，卻不偏不倚地落在我身上。

男同學撓了撓臉，帶著不太確定的語氣，慢吞吞地回答：「應該是……第二種吧？」

我趕緊低下頭，躲進筆電螢幕後，深怕被人看出異樣。

可那個一向沉著理性的男人，偶爾還是會露出孩子氣的一面。

分組討論時，季時予走到我身旁，俯身查看文件上的重點摘要。他彎腰的瞬間，我的神經倏然繃緊，連呼吸都變得特別小心。

沒想到下一秒，他又突然靠了過來，刻意在我耳邊低聲開口：「這裡少了一個括號。」他的指尖，停留在距離我的手不到五公分的觸控板上。

季時予從容不迫地叮嚀：「程式碼就跟人一樣，如果不寫清楚，容易造成系統判定錯誤，因而出現bug。」

我抬頭怒瞪他一眼，撞見他那嘴角微翹、似笑非笑的神情。我很清楚，他根本不是在講什麼bug！

下課後，季時予才剛踏出教室，我的手機便隨即震動起來。

「晚上有空嗎？」

「怎麼了？」

「我買的蝦再不吃就壞了。」

我回了一個無言的貼圖，耐著性子打字：「……你自己吃啊。」

「妳不是喜歡吃蒜味椒鹽蝦嗎？」他附上一個笑臉符號，「我會做了，不想嘗嘗嗎？」

當初那個差點把我家廚房炸了的人，如今不但能炒出一盤像樣的蛋炒飯，連我媽的拿手菜都學會了？

「……知道了，給你個表現的機會。六點見。」

# 第九章　假如你先開口

那你為什麼不開口問我——「徐苒，妳喜歡我嗎？」

季時予按門鈴時，天色才剛轉暗，還不到六點。

我站在衣櫃前，對著鏡子仔細檢查妝容，又順了順垂落的髮絲與衣襬。

我本以爲他會像上次一樣，直接輸入密碼進門，便沒太在意，誰知等了一會兒，屋裡仍是一片寂靜。

我困惑地走到玄關，透過貓眼確認後才開了門。

季時予似乎有備而來，手裡提著兩袋東西，眉眼含笑，「上次我自己進門，妳不高興，這次乖乖在門口等，妳總不會還生氣吧？」

「我有說什麼嗎？」我側身讓他進來。

他一邊換鞋，一邊朝廚房走去，「剛剛在做什麼？怎麼那麼久才來開門？」

「沒什麼……」我心虛地回答。總不可能和他說，我剛才特地補了妝，還站在鏡子前確認了好一會兒，就爲了能在他眼裡，看起來漂亮一點。

季時予嘴角微翹，沒多說些什麼，自顧自地走進廚房，著手準備晚餐。

從刀具擺放的位置到調味料的收納順序，他全都瞭若指掌，就連流理臺那顆新換的水龍頭，和排水管的滲漏，也是他前天趁我不在家時，請人來修理的，還爲此特地跑了一趟。

我倚在廚房門邊，看著季時予忙碌的身影，心裡忍不住想，他似乎早已把這裡當成了自己的家。我忽然明白，這段日子以來，他總是在默默付出，默默照顧我。

多年過去了，這個男人依舊如此耀眼，像一道亮光，照進我心底的空缺，連同那陰翳的角落，都因他的存在，而變得溫暖。

說好只是嘗嘗他做的蒜味椒鹽蝦，結果他卻變出了一整桌我愛吃的菜。

坐在餐桌前準備開飯時，季時予似乎看見了我藏不住的喜悅，他笑說：「我在準備教授資格的那幾年，也順便修了門廚藝課。」

「跟誰學的？」

他沒回答，只是盛了一碗飯遞過來，並順手把筷子放到我手邊。

我每樣菜都先嘗了幾口，然後才後知後覺地發現，這熟悉的味道令人鼻尖發酸。我立刻明白，這些菜餚，全是我媽教他做的。

眼眶泛起一陣灼熱，我哽咽地出聲：「季時予，你是超人嗎？到底哪來那麼多時間？」

季時予笑而不語，低頭專心撥蝦。

「你快吃，我自己有手……」

話還沒說完，他就將一隻蝦輕輕送進我嘴裡。

「好吃嗎？」

「好吃，但……」

「好吃就好，我不要聽『但是』。」

他將幾隻撥好的蝦放進我面前的空盤裡，抽了張紙巾擦手後，才慢條斯理地拿起筷子，「我還帶了PRECIOUS的草莓蛋糕，當飯後甜點。」

我咀嚼蝦仁，腦中跳出一段往事，皺起眉來，「我現在看到他們家的草莓蛋糕都有陰影。」

「嗯？」季時予笑了一聲，馬上就猜到是誰說溜了嘴，「Deen那傢伙……」

我咬著筷子的尖端，斜睨他一眼，「你費那麼大的功夫，只爲了騙我去你家住？」

「是。」

「爲什麼？」

「一想到回去能見到妳，心情就特別好。」

我皺了皺鼻子，心裡明明甜得冒泡，卻仍嘴硬道：「你別太愛我了，我會很困擾。」

季時予放下碗筷，屈肘撐著下巴，目光含笑，「今晚這餐，夠不夠抵一夜留宿費？」

「你都幾歲了，還想跟妹妹睡，不嫌丟臉嗎？」

他開朗地笑道：「我沒說要跟妹妹睡，我是想和我喜歡的女人一起睡。」

他的話語曖昧又直接，連嘴角的弧度都帶著讓人心跳漏拍的魅力。

我輕咳一聲，「你只能睡沙發。」

「不太滿意，但勉強接受。」

他回答得過於乾脆，反倒令人起疑。我補充道：「我會鎖房門。」

季時予笑了笑，重新拿起碗筷，「快吃吧，不然菜涼了。」

我輾轉反側到天亮。

明明是躺在自己的床鋪，卻怎麼也睡不著。

一閉上眼，腦海便全是季時予那些令人怦然心動的舉動。

他替我撥蝦時專注的模樣，他凝視我時溫柔又深邃的眼神，以及那句理直氣壯的告白——我沒說要跟妹妹睡，我是想和我喜歡的女人一起睡。

我翻了個身，把臉埋進枕頭裡。

天色漸明，我終於放棄與睡意拔河，披了件外套，輕手輕腳地走出房門。

客廳的窗簾沒拉緊，晨光從縫隙間灑落，在地板上投下一束一束的光影線條。

季時予橫躺在沙發上，薄毯蓋至胸口。三人沙發被他高大的身形占滿，他彎起一隻手臂覆在眼上，呼吸平穩，看起來睡得很沉。

我蹲下身，靜靜望著他。晨光落在他的側臉，勾勒出柔和的靜謐。

明明是他先告白，先說喜歡的，可爲什麼，徹夜難眠、心跳失序的卻是我？

我輕輕嘆了口氣，欲起身回房時，手腕卻被人攫住。

季時予不知何時醒來了，他輕輕一拉，將我拽進懷裡。

我猝不及防地趴在他身上，臉頰瞬間熱得發燙，掙扎著想起身，他卻收攏雙臂，將我圈得更緊。

季時予一手摟住我的腰，另一手扣住我的後腦，迫使我側臉貼在他心口，聽著那規律的心跳聲。

「去哪？」他的胸腔微微震動，使我的耳膜有些發癢。

「季時予，你放開我……」

「妳只叫我睡沙發，可沒說妳不能一起。」他賴皮地道，聽起來像在撒嬌，「就一下。」

我動了一下，卻沒眞正反抗。

他不再說話，安靜地抱著我，呼吸輕淺。

我聽著那撲通、撲通規律的心跳聲，被他身上的木質清香包圍，在這個溫暖又令人安心的懷抱裡，沉沉睡去。

再睜開眼時，已是正午。

我翻了個身，看見季時予蹲在一旁，笑盈盈地瞅著我。我驚慌地摀住唇，彈坐起來，「你什麼時候醒的？」

「不久，大概半個小時前吧。」他低笑。

我竟然睡得那麼沉，連他起身都渾然未覺！

季時予伸手撥了撥我亂成一團的頭髮，後來乾脆把它揉得更亂，「起床吧。冰箱空了，我們得去補貨。」

我點點頭，飛快逃離他的視線。

中午的陽光明亮如洗，我戴著帽子，與季時予並肩而行。

超市離我家不遠，就在附近一棟老社宅的地下一樓。

賣場不大，但麻雀雖小，五臟俱全。

季時予推著購物車，配合我的步伐。經過冷藏飲品區時，他拿起一瓶豆漿，放進車裡，「妳冰箱那瓶喝完了。」

「我記得還有啊。」

「過期了。昨晚我幫妳檢查過冰箱。」

「昨晚？」

他低低一笑，「準確來說，是半夜。」

「你也睡不著嗎？」話一出口，我就意識到不對勁。

他眉眼微挑，從容地看向我，「也？」

我心虛地左顧右盼，假裝在尋找調味料。

他從後方靠近，灼熱的氣息貼在我耳邊，「妳為什麼睡不著？嗯？」

我深吸一口氣，「不知道啦！」隨手抓起一罐調味料塞給他，轉身避開，「哪來那麼多為什麼！」

他笑得開懷，將我手中的番茄醬放回架上，拿起另一個牌子的番茄醬，「這比較好。」

「知、知道了。」我臉頰發燙，垂著頭快步前行。

季時予慢悠悠地推著車，走到冷凍櫃前面的時候，忽然叫住我，「妳不是喜歡吃蔥油餅嗎？」

我折返，見他正低頭端詳蔥油餅的包裝袋，「怎麼了？」

他彎下身，把商品舉到我面前，「幫我看一下這包什麼時候過期。」

我湊過去查看標示，「這裡不是寫——」才剛開口，他便趁機在我唇上輕啄一下。

「啵。」

細微的聲響，燒得我面紅耳赤。

我摀住嘴，瞪著他低聲斥責：「你、你故意的！」

「怎麼了？我只是想問妳看不看得清楚而已啊。」

「保存期限寫十二個月，你自己不會看？」

他聳聳肩，一臉無辜，「我怕看錯，到時候吃壞肚子怎麼辦？」

「季時予！」我又羞又氣地跳腳。

他笑著伸手捏了下我的臉頰，「小公主，生氣會長皺紋喔。」

季時予推動購物車，走沒幾步又回頭，燦爛的笑容如晨光初照，「對了，妳反應很快，但臉紅得更快，眞可愛。」

我氣得咬牙，從旁邊抓起一袋米，走上前扔過去。

他顯然沒料到我會這麼做，手忙腳亂地接住後，把米袋放進推車，苦笑道：

「還不太能開玩笑呢……」

我轉過頭，忍住嘴角的笑意。

因爲一整天都沒進食，我們提前在五點開飯。

餐後，我在廚房洗碗，原本在一旁幫忙的季時予，突然接起一通電話。

對話內容聽來只是些無關緊要的閒聊，卻讓我在沖洗碗盤時不小心分了神。

我側著頭，試著用肩膀蹭開黏在臉頰上的髮絲。

季時予似乎注意到了我的動作，他打開擴音鍵，走到我身後。

「嗯？」我微微側頭看向他。

「別動。」他伸手將我散亂的長髮撥到一側，彎腰從我口袋裡抽出一條髮圈。

「你怎麼知道……」

「剛才看妳塞進去的。」

他輕柔的動作，教人不禁屏息。

電話那頭持續傳來余力的聲音：「喂?你到底答不答應啊？」

「你們是太閒嗎？」季時予語調慵懶，雙手熟練地替我束起長髮，綁了個鬆鬆的低馬尾，「妳頭髮太軟，綁高容易掉。」

「Driv，你到底有沒有在聽我講話?」余力提高說話的音量，「下個月韓國那場全明星賽，主辦單位超有誠意，機票、飯店、吃住全包，五天四夜欸，你眞的不心動？」

季時予想都沒想便道：「沒興趣。」

「靠！」余力崩潰大喊，「你還是不是兄弟？NBTB就差你點頭了！你不去，SH可能會塞個小屁孩來撐場，我光想就頭皮發麻……行行好，有點憐憫心！」

季時予從我手中接過最後一只碗，「擦擦手，休息一下。」

對於讓他包辦煮飯洗碗，我樂得輕鬆，絲毫沒有罪惡感。

他對余力的哀求充耳不聞，轉頭向我道：「冰箱裡有洗好的葡萄，拿出來吃吧。」

「喂，季時予，你到底有沒有在聽我說話？」余力感覺快氣炸了。

「沒有。」他答得乾脆。

電話那端沉默了幾秒，忽然冒出一句：「等等，你是不是跟誰在一起？不會是跟你妹妹吧？」

季時予側頭看我一眼，「妹妹？」

我抿著唇，靜默不語。

「妹妹應該在聽吧？」余力立刻轉移目標，「快幫我勸勸妳哥，他最聽妳的話了！」

我的嘴角抽動了一下，繼續裝聾作啞。

「錯了，我現在不聽妹妹的，只聽女朋友的。」季時予忽然補上一句，還故意放慢語速。

我瞪目瞪向他。

「你哪來的女朋友？講得像真的一樣，根本是在找我麻煩……」余力無奈地低吼，掛斷電話。

季時予整理好碗筷後，將手擦乾，接著忽然一把將我拉了過去，把我困在流理臺和他之間。他低頭在我的耳邊輕聲問：「妳說呢？」

我抬手抵著他的胸口，悄聲回：「說什麼？」

「我要去嗎？」

「你自己決定，幹麼問我？」

「我怕妳會想我。」

「你臉皮什麼時候變這麼厚的？」我挑眉問道，「在美國做過醫美？」

他拉起我的手，再將我的手放到他臉上，「認識這麼多年，我這張臉是不是天然的，妳會不清楚？」

「就算臉是天生的……」我咬了咬唇，視線飄移，含糊地丟出一句：「那……你在某些方面，也是天生就會？」

他愣了一下，隨即低笑出聲，將我摟得更緊了些，「妳說什麼？我沒聽清楚，再說一次？」

「裝什麼傻。」我羞惱地別過臉，「你明明聽到了。」

季時予笑得更加放肆，直到我氣惱地掐了他一下，他才收起開玩笑的態度。他語調一轉，認眞地道：「沒有別人，從頭到尾就只有妳。我只是……希望第一次能留下美好的回憶，所以特別努力。」

臉上的溫度瞬間飆升，連呼吸都變得滾燙，我害羞地低喊：「季時予，你眞的很煩！」我掙脫他的懷抱，落荒而逃。

沒過多久，季時予端著一盒葡萄走進客廳，將葡萄放在茶几上後，順勢坐到我身旁。

「還在氣嗎？」他捏起一顆葡萄送到我嘴邊，臉上仍掛著欠揍的笑容。

我撇開頭，拒絕他的餵食。

他輕嘆一聲，刻意大聲地道：「果然，比起妹妹，女朋友難哄多了。」

「誰是你女朋友？少占我便宜……」我不客氣地回道。

他收起開玩笑的神色，帶上幾分認眞，「我答應去參加全明星賽。下個月初飛韓國，五天，別太想我。」

雖說是下個月，但實際上也沒剩幾天了。

「既然你早就打算答應，幹麼還逗人家？」

季時予挑眉一笑，「知我者，徐苒也。」

我給他一記白眼，「你到底要不要好好說話？」眞該讓那些崇拜他的粉絲瞧瞧，私底下的他有多皮。

他靠上沙發，神色慵懶，「很久沒比賽，怕手感生疏了。」

「喔——」我不以爲然地挑眉，「堂堂Driv也會擔心鋒芒不再，輸了丟人？」

他氣定神閒地偏頭看我，「倒也不是。」

「不然呢？」

季時予盯著我，忽地屈指輕刮我鼻尖，「我不怕輸，但如果妳在看，我就只想贏。」

「……那我不看總行了吧。」

「不行。」他搖頭，眼底光芒乍現，「我會贏下所有人的掌聲，送到妳的面前。」

他溫熱的手掌貼上我的後頸，指腹輕輕摩娑，「我會向妳證明，無論那個世界有多寬廣，或是多麼明亮，現在我最想停留的地方，只有妳的身邊。」

我望著他，內心掀起一股澎湃的悸動，久久無法平息。

他額頭輕抵著我，嗓音低沉溫柔：「我想看妳戴上，當年我送妳的項鍊。項鍊上的那朵花……妳知道它的花語是什麼嗎？」

我眨了眨眼，搖頭。

季時予伸手撫過我的臉頰，語氣溫柔得近乎呢喃：「等妳戴上的那天，我再告訴妳。」

✦

週五午後，李采璇在「色即是空」群組裡發話：「今晚熱炒店集合，不來的自己檢討。」

簡潔有力，一如她一貫的邀約風格。

我本想編個理由推託，卻想起她與陳品亦至今尚未真正和解。猶豫片刻後，我還是回了句：「知道了。」

我們三人之間有一項不成文的默契：只要其中兩人答應，剩下的那位，就得想方設法地排除萬難赴約。

傍晚時分，熱炒店已人聲鼎沸。

我一進門，便看見李采璇神清氣爽地拿著菜單，與店員有說有笑地聊天。不久，陳品亦也來了，她戴著一頂黑色棒球帽，臉色略顯疲憊，眼眶微紅，但整體氣色比預期的要好得多。

李采璇朝她揮手，「來啦！還活著欸。」

陳品亦表情微窘，走過來坐下，「死不了，還活在地球上，可以了吧？」

「那就好。」李采璇說。見我盯著牆上的菜單看，她又笑道：「我先點了炒海瓜子、鹽酥雞、客家小炒、鳳梨蝦球、三杯中卷，還有黃金流沙蝦仁豆腐煲。妳們如果想再加點，儘管說喔。」

我收回視線，她點的菜已經多到讓我懷疑我們三人是否吃得完。

她將一瓶鋁箔包裝的酸梅湯推到陳品亦面前，「來，妳的療傷聖品。」

陳品亦每次失戀，都會嚷著要喝酸梅湯，說那酸中帶甜的滋味，能撫平情緒。

但這回，她卻搖了搖頭，「不想再喝了。」

氣氛瞬間安靜下來。

李采璇輕嘆一聲，開玩笑地道：「唉，眞難伺候欸……那不然改吃酸的？我最近在看一本小說，女主角難過時會咬檸檬片，要不要試試？」

陳品亦瞥她一眼，「現在上哪去找檸檬？」

「對吼。」李采璇笑了笑，倒了杯綠茶，遞給陳品亦，「那只能先湊合著喝啦。」

陳品亦低頭喝了幾口，沉默半晌後，忽然開口：「李采璇，妳是不是覺得我很蠢？」

「嗯，是挺笨的。」李采璇依舊直接，「每次都哭得像世界末日一樣，結果一碰到喜歡的人，還是會頭也不回地跳下去。」她停頓了一會兒，才接著道：「可不管妳做過多少蠢事，難過的時候，我都會在。」

原本還繃著肩膀的陳品亦，像被這句話擊中似的，整個人垮了下來。她撲進李采璇懷裡，抽抽噎噎地說：「對不起……那天我太情緒化，說了很多傷害妳的話，我眞的好後悔……」

李采璇收斂神色，但正經不到幾秒，又聳了聳肩，「我那天也有錯，話說得太過火了，雖然……講的都是實話。」

陳品亦哭笑不得，拍了她一下，抽走我遞上的紙巾，胡亂擦著眼淚。

我望著她們抱在一起的樣子，輕輕地笑了。

人與人之間的關係，大抵如此。即使曾經吵鬧、爭執、走散，若仍願意坦然無懼地面對彼此，終能再次靠近。

衝突和情感本就共生，既能使一段關係破碎，也能讓彼此的羈絆變得更加深刻。

「好了，不吵了！」李采璇替我們各倒了一杯酒，帶頭舉杯，「那種爛男人不值得我們賠上友情。今晚只准喝酒，不許吵架！」

三人碰杯，清脆一響，我們仰頭將冰涼的金黃液體一口飲盡，慶祝多年不散的友誼。

幾巡黃湯下肚，不知不覺間，迎來幾分酒意，盤子上也只剩殘渣。

我剛上完洗手間回來，才一坐下，李采璇便半瞇著眼，質問：「徐、苒，妳是不是有事瞞著我？」

「什麼？」我撐著額角，覺得有些頭昏腦脹。

「就妳那個一夜情的對象啊——」她撇嘴哼了一聲，「幹麼扯說是什麼大四的學長？」

「林育誠本來就是我學長啊⋯⋯」我揉著太陽穴，話還沒說完，就見她猛地拍桌。

「妳什麼時候才要坦白？」她口齒清晰，彷彿突然清醒了似的。

我瞥了眼陳品亦，只見她笑得促狹，聳肩說道：「我們之間，沒有祕密藏得了太久啦。」

也對，這種事情，遲早要坦白的。我轉頭看向李采璇，「妳現在不是知道了嗎？」

「那不一樣啊！妳先跟陳品亦說，等於我成了最後一個知道的！而且還不是妳親口說的咧！」

我無奈地嘆口氣，揉了揉眉心提神，「那我現在說，還來得及嗎……那晚，我其實是和季時予過的。」

李采璇聽完，臉上浮現一抹「果然如此」的神情，她緩緩勾起嘴角，「我早就跟品亦說過，你們倆，遲早會有點什麼。」她瞇著眼，一臉看好戲的樣子，「就算名義上是妹妹，但Driv這些年對妳哪裡像兄妹？要不是後來你們斷了聯絡，我——嗝，反正我一直都看好妳……」

「李采璇，妳喝醉了。」我舉杯抿了口酒，慢悠悠地開口：「再說，能發展什麼？他又沒說要跟我在一起。」

「蛤？」李采璇瞪大眼，還用手指比了個交扣的圈圈，「都這樣了，還不交往喔？」

陳品亦忍不住打了個酒嗝，替我接話：「現在什麼年代了？誰說那樣就一定要在一起？」

「別人可以含糊，徐苒不行吧！」李采璇立刻反駁，「她母胎單身二十一年，就這樣把第一次給了哥哥——」

我頭更痛了，眞不該讓她貪喝那最後一杯的。我看了眼手機上的時間，轉頭問陳品亦：「八點半了，妳們同方向。我叫車先送她，妳後下，可以嗎？」

陳品亦比了個ＯＫ的手勢，看起來還算清醒。

當我要點開叫車軟體時，李采璇忽然伸手按住我的手背，「你們到底爲什麼不在一起？是他沒開口嗎？我幫妳罵他！管他是什麼電競天才，敢欺負我姐妹，就是不行！」

我無奈地扯了下唇，淡淡地說：「季時予太好了，我沒什麼把握……」

李采璇愣了愣，忽然安靜下來。半晌後，她托腮湊近，音量小了幾分：「徐苒，妳知道嗎？Driv不僅是『條件好』，他是一票女生心中的夢中情人。」

「我知道，妳不用提醒我。」

「有外表、有能力，簡直是天上掉下來的肥肉，人人都想撲上去咬一口。」

她的比喻讓我哭笑不得。

「Driv身邊要什麼樣的女生沒有？連那個被票選爲和他最速配的貝拉，他都沒多看一眼，偏偏只守著妳，還一守就是好幾年。妳覺得他那麼聰明，會不知道自己想要什麼嗎？」

見李采璇忽然起身，我趕緊扶住她，避免她摔倒。

她瞇眼盯著我脖子上的項鍊，端詳了一會兒，忽爾笑問：「妳什麼時候開始戴項鍊的？」

「是季時予送的。」那天聽他提起後，我才從抽屜裡翻出這條項鍊。

「妳知道這是什麼花嗎？」她雙手搭上我肩膀，見我搖頭，笑得更開心了。她湊近我的耳邊，輕聲道：「是梔子花喔。」

陳品亦也湊過來，仔細地看著我的項鍊，「小苒，妳知道梔子花的花語嗎？」

我再次搖頭。

「是暗戀，無聲的守候。」陳品亦開心地說，「所以，妳應該對自己有點信心。」

「她這哪是沒信心？」李采璇呵呵笑道，輕捏我的臉頰，「她是不敢去愛，不相信自己值得擁有那份深情。」

我沒有回應，感覺心裡某個角落，正一點一點地開始鬆動。

結完帳，我送她們上車後，獨自站在熱炒店外的騎樓下，接起媽媽打來的電話。

她語氣如常，問了些我的近況，直到我感覺通話快要結束時，她忽然問：「妳和時予……還好嗎？」

簡單一句關心，卻似乎藏著兩層意思。

我垂下眼，聲音很輕：「都好。」

她沒有追問，只是說：「嗯，那就好。」

當她準備掛電話時，我忍不住輕喚：「媽……」

「怎麼了？」

我遲疑了一會兒，還是決定開口：「妳真的不反對嗎？」

電話那頭安靜了片刻後，傳來一陣輕笑聲，媽媽溫柔地道：「小苒，我希望妳能擁有選擇的自由。無論妳是想和他在一起，或是想繼續當兄妹，媽媽都會支持妳。」

我咬著唇，問出心底的顧慮：「那萬一……結果不如預期呢？如果我和季時予交往後，發現彼此性格不合怎麼辦？要是我們分手了……肯定會很難堪吧？」

「小苒，人生的旅程，本來就充滿著不確定性，如果因為擔心結果不如預期，就不敢往前走，那才是真正的遺憾。」她堅定地道，「唯有勇敢面對，才有可能抓住幸福。」

其實我知道，當年媽媽選擇離開爸爸，和季叔叔結婚，並不是一個容易的決定。那是她鼓起極大的勇氣，去賭一場未必開花結果的感情。

而我何其幸運，遇見了季時予。

他了解我、包容我，甚至連我未曾說出口的疑慮，都一一設想周全。

所以現在，我唯一需要做的，就是誠實面對自己的心意。

「徐苒。」

我抬起頭，看見那個二十分鐘前傳訊息說要來接我的人，正穿過人群，朝我走來。

我聽見媽媽接著道：「妳季叔叔說了，時予會主動談這件事，代表他早已準備好，也有信心不讓妳受傷。媽媽希望，妳能為自己勇敢一次，凡事先考慮到自己，好嗎？」

掛掉電話後，我感覺眼眶與鼻尖都在發熱，分不清是因為喝了酒，還是……真的有點想哭。

我抬手輕按眼角，把手機收進包裡。

季時予捧起我的臉，低頭認眞地看著我，隨後又半開玩笑地問：「怎麼啦？睫毛掉進眼睛裡了？我幫妳看看。」

我撇過頭，拍開他的手，「別鬧了。」

對上他目光的瞬間，我更想哭了。

「喝多了？」他問。

我點點頭。

他未再多言，轉身蹲下，「上來，我背妳回家。」

「不要。」我偷偷抹去差點掉落的眼淚，「這樣很丟臉，而且……你要是被人認出來怎麼辦？」

季時予笑著站了起來，伸手攬住我的肩膀。

我一怔，沒反應過來，「不背了？」

他搖搖頭，將我摟得更緊，「不背。就算我臉皮厚，也不能讓我家公主覺得丟人。」

「你別開口閉口都喊我公主，不知道的人會以爲我有公主病。」我悶悶地抱怨。

他笑出聲，輕輕掐了一下我的臉頰。

我們緩緩地往前走，經過捷運站旁的人行步道時，我放慢了腳步，指著公園裡的石階道：「可以去那邊坐一下嗎？我想吹吹風。」

入秋的晚風微涼，空氣中多了一股清新的氣息。

我們走到石階休憩區坐下，並肩靠在一起。微醺的感覺尚未褪去，我感覺整個人輕飄飄的。

季時予雙腿交疊，動作間不小心碰到了我的手。或許是發現我掌心冰涼，他將我整個人拉進他的外套裡，我瞬間覺得暖和了不少。

「季時予……」我窩在他胸前，低聲問：「你眞的不唱歌嗎？」

他望著前方，眉峰微動，「怎麼突然問這個？」

「沒什麼，就是想起之前Fiz受訪時提過，所以好奇。」

「確實，我不喜歡唱歌。」季時予笑了笑。

「那你爲什麼會在我某次生日的時候，唱生日快樂歌？」

「因爲是妳呀。」他一副理所當然地道。

「因爲喜歡，所以無論是什麼事，都願意去做嗎？」我問。

季時予沉吟，「嗯……但犯法的事可不行。」他的胸膛因輕笑而微微震動，「要是坐牢，還怎麼跟妳在一起？」

我掙脫那溫暖的懷抱，認眞地看向他，「爲了我，你是不是放棄了很多？」

「嗯？」他稍微收斂了臉上的笑意。

我不確定聲音會不會太小，有沒有被風帶走，只知道這一刻，藏在心底的話一股腦地全湧了上來，特別感性。

「你的原則、堅持、規劃，以及夢想……」我眨了眨乾澀的雙眼，望著前方，苦笑著道：「你不覺得……太委屈了嗎？」

季時予低頭沉思了片刻，淡淡地笑了，「怎麼會呢？妳是我即使放棄一切，也想擁有的人。」

眼裡泛起一層水氣，我的唇不自覺地顫抖，待稍微冷靜下來後，我才低語道：「你又不知道我喜不喜歡你，就像個傻瓜一樣一頭栽了進來，不怕吃虧嗎？」

「感情又不是能秤斤論兩的事，」季時予溫柔且緩慢地道，「只要有一點點的可能，怎樣都不算虧。」他說得輕巧，卻重重地落在我心底。「別忘了，我是打比賽的，只要有贏的機會，無論要花多少時間訓練，我都覺得值得。」

我吸了吸鼻子，努力穩住情緒，抬眼迎上他投來的目光，「那你爲什麼不問我？」

他微頓，替我撥開被風吹亂的髮絲，「問什麼？」

「問我，徐苒，妳喜歡我嗎？」

季時予凝望著我，眼裡閃過一抹顫動。片刻後，他嗓音沙啞地問：「徐苒，妳喜歡我嗎？」

我不再逃避，清楚地回應：「喜歡。我喜歡你，季時予。」

此刻，我們彷彿將一切喧囂隔絕在外。在我眼裡，唯有眼前這個笑容明朗、眼神澄澈的男人。

或許是因爲終於說出心裡話，長久壓抑的情緒得到釋放，緊繃的神經隨之鬆懈。

我在酒精與疲倦的雙重作用下斷片，以至於後來發生了什麼，我幾乎全都不記得，腦海中只剩零星殘存的模糊畫面。

翌日，我在豔陽高掛的正午醒來。我翻了個身，察覺自己仍穿著昨晚的衣服。幸好狀況不算太糟，看得出被人細心照料過。

宿醉讓腦袋脹痛欲裂，我的喉嚨乾得像被砂紙反覆碾磨過。

我坐起身，視線緩緩掃過整個房間，試圖尋找某道熟悉的身影，卻只見乾淨整齊的桌面上，多了一個透明保鮮盒，和一張摺得方方正正的小字條。

三明治記得吃。我先去機場了。等我回來。

我盯著那張紙看了好一會兒，這才想起他今天飛往韓國，參加全明星賽。

我偶爾會懷疑，季時予是從古代穿越過來的人。都什麼時代了，發個訊息也不過幾秒的事，況且，這種小事根本沒有必要特地手寫字條！

但偏偏他就愛這一套，好像非得要手寫，才能讓我感覺到他字裡行間的溫柔。

我又看了一遍內容，指尖輕壓紙角，嘴角不自覺揚起，感覺像被春日初融的暖風，輕輕拂過心口最柔軟的地方。

好幸福。

動。

✦

NBTB全員受邀參加《譽神》全明星賽的消息一傳出，立刻在資工系掀起騷動。

幾名Driv的忠實粉絲激動地在系辦公布欄上貼上自製海報。海報上，是Driv當年身披隊服、站上世界冠軍頒獎臺的英姿，下方配上了斗大的應援標語。

走廊上、教室裡，甚至連學生餐廳，皆充斥著熱烈討論的聲浪，話題無一不圍繞著他。

「原來季教授上週調課是為了參加全明星賽，超驚喜的！」

「我們班已經約好了，今晚去交誼廳看直播，一起啊！」

「沒想到竟然還能看到NBTB對上CQX，肯定又是一場經典對決！」

這場全明星賽，重新點燃粉絲們對Driv的記憶，許多人都期盼能看到他的精彩表現。

昨天，季時予剛抵達仁川機場，便打電話給我報平安。他嘴裡還嘀咕著，說早知道就帶我一起去，希望我能親臨現場看他比賽。

他的語氣像極了討媽媽關注的小孩，讓NBTB的隊員們震驚不已。

從前大家笑他是「妹妹傻瓜」，如今倒好，直接進化成了馬子狗。

Fiz甚至感嘆：「我是不是看到了什麼世界奇觀？」

「行程有點滿，再一個小時就要上場了，先說一聲。結束打給妳。」

我低頭點開訊息，嘴角微微勾起。

下課鐘聲一響，我立刻拎起包包，匆匆往樓下走，走到系館門口時，忽然聽見側邊傳來熟悉的叫喚聲。

「學妹，難得看妳這麼趕，是要去看比賽嗎？」

林育誠站在樓梯轉角，手裡拿著幾本關於程式語言的書。他的神色依舊溫和，可那雙清澈的眼，彷彿早已看穿一切。

「嗯。」我輕聲應道。

「我聽說大家都揪團去交誼廳看直播，妳呢？」

我搖搖頭，微笑回應：「我跟朋友約好，要在家裡看。」

林育誠的目光停留在我臉上，似乎還想說些什麼，但最終只是點點頭，溫聲道：「那快回去吧，比賽要開始了。」

他仍然笑著，只是我隱隱感覺到，他的眼裡，多了一絲悲傷。

「好。」

他往旁邊挪動腳步，讓我先行離開。

我想，他已經知道我喜歡的人是誰了，也很清楚，那個人，不會是他。

我氣喘吁吁地跑回家，遠遠就看見李采璇和陳品亦站在公寓門口等我，各自拎著一袋零食。

「快快快、快快快——」

「苒，妳再慢一點比賽都要開始了啦！」

我邊翻找鑰匙開門，邊笑罵：「是妳們太早到！」

李采璇沒放過機會，補上一刀：「哇，沒想到這輩子能看到徐苒用跑的，戀愛果然會改變一個人欸！」

電梯一路往上，我們三個人邊笑邊擠進屋子，鞋子沒來得及擺好，包包就隨手甩上沙發，茶几上瞬間堆滿零食，以最快的速度打開電視，連接筆電。

我們各自搶了一顆沙發抱枕，盤腿坐在地上，「嘶」的一聲打開汽水，撕開洋芋片的包裝袋。

「我已經準備好要尖叫了！」李采璇的眼睛亮得像要發光。

我邊在筆電上搜尋直播頻道，邊笑著搖頭，還沒將畫面投放到電視螢幕，她已經快吃完一包洋芋片了。

熟悉的LOGO與賽事倒數躍上螢幕，陳品亦從我手中搶過遙控器，把音量調大。

氣勢磅礴的音樂響起，如戰鼓重擊心口，帶出臨戰前的緊張氣氛。我的心跳也隨著螢幕上遞減的秒數加快。

《譽神》全明星賽直播——NBTB vs. CQX

我想，這一刻，許多人的視線都不約而同地投向了同一處，而我在自己的小宇宙裡，只爲一個人傾注所有目光，並且深信，他一定會爲了我，贏得這場比賽的勝利。

今年的全明星賽採三戰兩勝制。與以往偏向娛樂性質的表演賽不同，這回的氛圍明顯緊繃許多，像是一場披著歡樂外衣的復仇戰。

NBTB和CQX之間的恩怨，幾乎每位資深玩家都耳熟能詳。

兩隊曾在國際賽場上四度交手，每回對戰皆打滿五局，難分勝負。無論是選手陣容、戰術安排還是操作風格，他們幾乎截然不同，但卻同樣強大。

然而，曾經被視爲NBTB最強勁敵的CQX，卻始終沒能跨過那道名爲「Driv」的關卡。

那年，NBTB於冠軍戰中打敗當時如日中天的CQX，締造三連冠的傳奇。

那一戰，被眾多《譽神》鐵粉們視爲CQX最痛的一役。

決勝局裡，Driv以變幻莫測的操作，使CQX陷入混亂。

CQX的隊長因判斷失誤，不僅於賽後承受了極大的輿論壓力，還慘遭戰隊撤換。這場風波也讓CQX的人氣暴跌，陷入漫長的低潮期。

直到後來CQX重組陣容，歷經大規模調整，才再度登上《譽神》世界舞臺。

可惜，彼時的NBTB已宣布解散。

「哇……這人潮也太誇張了吧……」

畫面轉為空拍視角，坐在我右側的李采璇叼著洋芋片驚嘆。

不久，畫面忽地暗了下來，一束銀白色的聚光燈落於舞臺中央，打在那名從不露臉的網紅歌手「牧凌」的身上。

「Hey Yo～SRG fans! Welcome to the Forbidden City.」

牧凌戴著宛如鬼魅的黑色面具，低沉的重低音如雷霆般砸下，不久後，便轉音進入高亢副歌。

融合了中國風與電子音樂的編曲，如波浪層層推進，撼動全場。

舞臺後方的大型螢幕，同步投影本次的比賽戰場「塔影禁城」的結構圖。

實景舞臺與虛擬城景交錯融合，枯塔殘影、荒街燈籠虛浮閃爍。牧凌彷彿站在那座被時間封印的古城中，獨自歌唱。

音樂進入最後一段副歌時，螢幕上陸續出現雙方選手的名字。

直播畫面內的現場歡聲雷動。

我緊攥抱枕，屏息以待，期盼Driv的出現。

主持人幽默地結束開場的訪問後，選手們進入最後的準備階段。

鏡頭切至賽評席，畫面中是本次特邀擔任解說的兩位明星級人物。

一位是擁有超高人氣、解說風格獨特、語不驚人死不休的男賽評，另一位則是我前陣子才在學校見到的貝拉。

「貝拉也來了啊……」陳品亦側頭看了我一眼，似乎是想確認我的神情是否有異。

李采璇捏著洋芋片，搖了搖手，「哎喲，別放在心上啦。當初是我眼瞎，才會投什麼最速配情侶……」

「李采璇，妳能不能別這麼白目？」陳品亦皺眉瞪去一眼，「哪壺不開提哪壺！」

李采璇笑嘻嘻地拉我衣角，「徐苒，妳不會生氣的哦？」

我啼笑皆非，點了下頭。

此時，直播畫面中的兩位賽評正在閒聊，等待比賽開始。

「各位觀眾，今天這場可不只是明星賽那麼簡單，NBTB全員回歸，最後一名確認出賽的Driv——昔日SRG世界裡的神，也回來了！」男賽評接著問：「貝拉，這次看到老朋友重返戰場，心情是不是有點……複雜啊？」

「拜託，別再拿我開玩笑好嗎？都不知道澄清過多少遍了……」貝拉無奈地笑著擺手，「你們老是把我跟Driv湊成一對，要是害他追不到喜歡的人怎麼辦！」

「喜歡的人？」男賽評瞪大雙眼，一臉不可置信，「Driv有喜歡的人了？真的假的！」

位於螢幕右側的聊天室，瞬間湧入大量留言，觀眾熱烈地討論起來。

貝拉始終笑盈盈的，四兩撥千斤地輕鬆帶過，「欸——CQX對NBTB的復仇之戰馬上就要開打了，這點八卦還值得我們討論嗎？」

「好吧好吧，我們賽後再聊，先看比賽。」男賽評順勢收尾，節奏拿捏得恰如其分，「那麼，以妳對這兩隊的了解，妳覺得哪一支隊伍比較有勝算？」

貝拉低頭翻閱手邊資料，眼底掠過一點狡黠的光芒，「那你呢？我想先聽聽你的專業見解……」

李采璇一邊吃洋芋片，一邊湊近我，挑了兩下眉，「貝拉這算是幫季時予公開告白了耶，妳開心嗎？」

我忍著笑意，輕抿雙唇，含糊應了一聲：「嗯。」

坐在一旁的陳品亦笑著伸手戳了戳我的臉頰。

「塔影禁城」是一座荒廢已久的遺址，街道交錯如蛛網，塔樓與瞭望塔錯落其間，有些可供選手攀爬，有些則暗藏陷阱。

比賽時間超過二十分鐘之後，部分街口會被隨機封鎖，因此選手們在對戰之餘，還需注意周遭環境的變化。

此外，只要奪取僅會在每回合中，隨機出現一次的「幽燈暗塔」，就能讓敵方的視野受阻，進而趁機突襲、包夾敵方，左右勝負。

「角色即將抵達戰場，玩家們請做好準備。」

系統語音於場館內響起，鏡頭隨即轉向選手席。

Driv坐於角落位子，他戴著耳機，正在放鬆指關節，那是他開賽前的習慣動作。

當鏡頭帶到他和一旁的Fiz交談的畫面時，聊天室裡的留言再度暴增，足見粉絲們對Driv毫不掩飾的熱愛。

「好帥！」

「Driv啊啊啊啊啊——」

「我老公回來了！」

李采璇手握滑鼠，瀏覽留言，「嘖嘖，妳這位準男朋友如此搶手，我看妳該開始煩惱了吧。」

陳品亦放下可樂罐，越過我輕推了她一下，「妳啊，老是唯恐天下不亂。粉絲多又怎樣，他心裡還不是只有我們家徐苒一個。」

比賽進入中場，兩位賽評同步分析局勢，帶領觀眾掌握目前的戰況。

「CQX從比賽一開始，就展現了強大的壓制力，成功逼退NBTB。他們所使用的角色的成長速度相當穩定，隊伍的分工和攻守節奏也非常明確，果然是有備而來。」貝拉字正腔圓地解說道。

男賽評接著出聲：「但NBTB的反應也不慢，Zephyrax偵察敵情，Fiz則在瞭望塔上監視敵方動向，剛才那一波，他們選擇從上方的道路進攻，其實還是不錯的……欸，這陣型是？」

「這是NBTB慣用的引導陣型。」貝拉語速略快地道，「誘敵深入，設局反擊。」

戰局進入到後期，地圖右上角的第七巷弄，一波交鋒瞬間爆發。

CQX的選手雖察覺異樣，卻未及時止步，誤入NBTB設下的陷阱。

Fiz果斷封鎖CQX的退路，Deen則閃現突襲，兩人憑藉絕佳默契，奪下雙殺。

陳品亦興奮地驚呼，拍了拍我的手臂，「哇哇哇！妳有看到嗎？Deen那個切入角度太神了吧！」

我心不在焉地搖頭，專注地看向畫面中的地圖，卻怎麼也找不到Driv的身影。

此時，鏡頭一轉，由Driv操控的角色「隱鐘者」，在「幽燈暗塔」浮現的瞬間，自陰影深處掠出。

他似乎早已潛伏多時，只爲等待這一刻。

CQX的輔助與刺客意圖占領幽燈暗塔，卻猝不及防地遭到Driv突襲。

「隱鐘者」拋出手中的吊鐘，準確擊中敵方輔助，一套爆發技能緊隨其後，將對方徹底擊殺。

Wally牢牢牽制住刺客，Driv藉機占領幽燈暗塔，再回頭剷除敵方殘餘的勢力，毫不拖泥帶水。

「哇！重返賽場的Driv依然保持著幾近病態的精算能力，完全沒有半點生疏！不愧是傳說中的男人啊！」男賽評語帶顫音，情緒激昂。

第二波團戰，Driv潛行至塔影禁城深處，從城中央的地下水道翻身而出，偷襲反應不及的CQX主輸出（注9），其他隊友同時從後方包夾，形成絕對壓制。

CQX團滅，NBTB拿下首局勝利。

但CQX也非等閒之輩，憑藉多年經驗與良好心態，在第二回合迅速調整陣容及策略，成功扳回一城。

「CQX一直以來都非常擅長蒐集對手的資料，並加以分析。」貝拉說，「他們的新任隊長9Max曾多次與Fiz對戰，因此很熟悉對方的打法。」

男賽評接著說：「Driv在第二局裡幾乎沒有發揮空間，CQX全隊圍著他布陣。在角色成長受阻的情況下，確實難以擺脫劣勢，殺出重圍。」

兩局結束，比分爲一比一，決勝局即將開打。

系統再度隨機選出「塔影禁城」，作爲本次全明星賽，最後一役的戰場。

開場十多分鐘，戰況陷入膠著。

「面對CQX的大舉壓制，NBTB不僅未見慌亂，反而越發沉著冷靜，每一步都像經過精密計算。」

「Wally不愧是昔日最強輔助，無論是拖延時間還是於逆風時穩住局勢，阻礙敵方的推進速度，都掌控得游刃有餘。他一人穩穩守住兩條路線，爲隊友創造了極大的發揮空間。」

「不對喔，這不是防守。」男賽評目光一凜，「這是NBTB展開反擊的序章。」

在這一局中，Deen與Driv的完美配合令觀眾驚豔，數度打出精彩片段，但雙方實力太過接近，局勢始終拉鋸，導致比賽時間不斷被拉長，選手們的臉上，也逐漸顯露疲態。

畫面短暫帶到NBTB選手席，只見Driv正對著耳麥說話，而Wally和Fiz隨即相視點頭。

---

注9：隊伍中最具有攻擊效果的角色，是團隊進攻的主要力量。

片刻後，由他們所操作的角色，開始各自大動作壓境，似是有意加快節奏，速戰速決。

與此同時，「暗影神」神意降臨，整座城市進入黑暗模式，選手們置身於如迷宮般複雜的街道中，舉步維艱。

男賽評緊盯畫面，「CQX五人正在往幽燈暗塔的位置前進，反觀NBTB，他們似乎……打算拱手相讓？」

「不。」貝拉堅定地否決他的說法，「他們是打算在燈火之下，終結CQX。」

館內鴉雀無聲，萬眾屏息，Driv的「隱鐘者」已「突破神性」，蛻變爲全新形態。

隱鐘者如幽影般潛入街區，接著故意現身，引誘敵方追擊。

「CQX到底多恨Driv啊，居然三個人都追過去了！這不太妙喔。」男賽評驚呼。

從觀眾視角的全場地圖上，可見Zephyrax與Fiz已埋伏在左上方的通道，蓄勢待發。另一側，Deen在Wally的協助下，繞至對手後方潛伏。

最終，Deen成功斬殺CQX最後一名選手，封鎖結界，終結此戰。

雷射燈在半空中投射出獲勝隊伍的隊名——NBTB。

燈光交錯，掌聲如浪，牧凌高亢的歌聲再度響起。

男賽評振臂歡呼，貝拉微笑，長舒一口氣，眼中泛著激動的光。

李采璇與陳品亦跳起來抱住我，興奮地大叫：「贏了！贏了！NBTB太強啦！」

我被她們摟在中間，眼眶驀地發熱，心裡那股緊揪的情緒，終於在這一刻釋放。

李采璇察覺我的異樣，伸手揉揉我的臉頰，笑說：「我們家徐苒什麼時候變得這麼感性啦？該不會是感動得哭了吧？」

我隨著掉下的眼淚笑了出來。

看完比賽後，李采璇與陳品亦留在我家，一直待到吃完晚餐後才離開。

收拾好客廳，洗完澡走出浴室時，我看見床上的手機因李采璇的來電而亮了起來。

我接起電話，那頭的她語調高亢，帶著難掩的興奮，迫不及待地道：「妳看NBTB的賽後採訪了嗎？」

「還沒，怎麼了？」

「快去看！」她講話的語速飛快，像是深怕我錯過什麼大事，「有記者問季時予，關於貝拉賽前提到他有喜歡的人，他居然承認了！」

我愣了愣，腦袋當機，「什麼意思？」

「哎呀，我直接傳網路上的影片給妳，自己看！」

我將手機從耳邊拿開，點擊她傳來的影片連結。

影片裡，面對記者的提問，季時予神情平靜，沒有一絲猶豫地回答：「我有一個喜歡了很久的人。好不容易快讓她點頭了，請大家為我加油。」

我站在原地，頭髮還溼著，水珠順著髮梢滴落，感覺心裡有什麼被人輕輕捧起，又無聲地放下，只留下一股說不上來的溫熱與柔軟。

他回答時的語氣平淡，卻比任何矯揉造作的情話都要來得動聽。

我盯著手機裡的畫面許久，過了好一陣子才終於鼓起勇氣，傳了一則訊息給季時予：「你什麼時候回國？」

幾分鐘後，訊息顯示已讀，並跳出他的回覆：「再兩天。」

我盯著那行字，指尖停在螢幕上，接著打下一句：「不能明天嗎？」

他像早就等在那裡似的，秒讀後回道：「怎麼？想我了？」

我咬了咬唇，停頓片刻，誠實地回答：「嗯，我想你了。」

我們的對話停在這裡，過了好半晌，他都沒有回覆。

我想，他應該是太累了，可能睡著了。然而，到了深夜，我們的聊天室依舊寂靜無聲。

我盯著手機螢幕發呆，幾度想傳語音訊息給他，卻始終沒有按下發送。直到睏意襲來，我才迷迷糊糊地睡去。

清晨醒來，手機跳出一則社群動態通知——Wally發布了新貼文。

點進一看，那是張仁川機場出境大廳的照片，內文寫道：「Driv這傢伙……居然拋下兄弟搭飛機跑了！」

我猛地坐起，確認了一下發文時間，再推算時差。季時予此刻，應該正在回國途中。

心跳倏然加快，我邊刷牙，邊翻箱倒櫃挑選衣服，連唇膏都試了幾種顏色，好不容易才選定一款既顯白，又能襯托出好氣色的。

我知道就算我不去，他也會來找我，但我不想等，我想第一時間就見到他。

剛穿上鞋，「色即是空」便跳出陳品亦的訊息：「妳們今天要幹麼？我好無聊喔。」

我趁搭電梯時回了句：「我在去見季時予的路上。」

陳品亦回：「什麼？他回來了？」

「對。」而且我十分確定，他也正朝我奔來。

我一路趕往機場，下車後，小跑至航廈，此刻，距離目的地只隔一道斑馬線，我的心跳聲幾乎蓋過了耳邊所有喧囂。

然後，我看見了季時予。他站在對街，直直望著我。

他身形挺拔，姿態從容，彷彿這世上沒有任何事物能撼動他的步伐。

而這樣的一個男人，始終堅定地走向我，爲我停留。

像是被那股溢於言表的情感推了一把，在尚未理清心緒，胸口仍劇烈起伏之際，我便開口道：「我們要不要在一起？」

見季時予微微一怔，我將雙手放在嘴邊，深吸一口氣，大聲喊道：「我、說，我們要不要在一起！」

行人專用號誌轉爲綠燈。

季時予毫不猶豫地跑來，一把將我摟進懷裡。

不知過了多久，他低頭捧起我的臉，在吻落下前，輕聲說道：「好，我們在一起。」

當晚，Wally那篇爆紅的貼文下，出現一則熱門留言：「謝謝大家關心，從今天開始，我身後有人了。」

這則留言一發布，便掀起一陣討論熱潮。

而我，和季時予一起窩在沙發裡，笑得很甜。我的臉頰輕蹭著他的頸側，心底緩緩浮現曾經讀過的一段話——

能盡情奔赴熱愛，也勇敢承擔傷害。我想擁有的，是那樣坦然無懼的人生。

但願那等在前方的你，也會永遠，熱愛這樣的我。

全文完

# 番外
# 他的征程

妳是我的征程，我的歸途，我目光所及——最美的風景。

季時予初識徐苒，是從手機相簿裡，一張翻拍的舊照片——五歲的小女孩神情羞澀，躲在一位優雅端莊的女子身後，抱著她的腿，怯生生地望著鏡頭。

父親季在恆和他分享著關於那對母女的消息，但他卻有些心不在焉。他盯著照片裡的女孩，好奇地想，不知道這個小不點笑起來，會是什麼模樣。直到日後逐漸熟稔，他才發現，她其實不太愛笑。

清秀的臉蛋，大多時候都沒什麼表情，細柔輕淺的嗓音，也少有起伏。她小小年紀就異常自律，行事謹慎得令人意外。話不多，但很懂得察言觀色，會認真聆聽別人說話，默默地記在心裡。

父母間的爭執，和那些表面的相敬如賓，都悄悄刻進了她的骨子裡，甚至讓她逐漸覺得，若顯露太多情緒，與人之間有過於深刻的連結與牽絆，反而容易對彼此的關係造成傷害。

不知不覺，她開始將情緒深埋於心底——不去面對，就不會受傷。

「你覺得怎麼樣？」季在恆收起手機後問。

季時予將視線移回前方螢幕上的《譽神》登入頁面，淡淡開口：「什麼怎麼樣？」

「下週三，她們會到家裡來作客。」季在恆頓了頓，有些遲疑地道：「你能不能……空出時間，陪我見她們一面？」

季時予的指尖飛快敲下帳號密碼，畫面停留在登入後的首頁。他沉默良久，才出聲道：「她不是還有家庭嗎？」

這句話讓氣氛瞬間變得沉重。

「爸現在是打算，從被害者變成加害者嗎？」季時予語調平緩，說出來的話，卻毫不留情。

季在恆垂下眼簾，點了點頭，「我的確不應該這麼做。」

「但你還是做了。」季時予冷笑一聲，「你們未來打算怎麼辦？」

「我們……只是彼此陪伴。」他聲調柔和，眼神透出幾分篤定，「在她離婚之前，我們不會越過那條該守的界線。」

季時予朝父親瞥了一眼，「那這樣的陪伴，真的有意義嗎？」

季在恆沉默了片刻，笑著嘆了口氣，「我是真心喜歡她，能偶爾見見面，就已經很滿足了。」

季時予舌尖頂了下腮幫子，一時無話。沒有人天生就懂得如何當個好父親，他知道，父親已經很努力了。

季在恆在他那一輩裡算早婚，婚後不久，便升格當爸。

他曾是旁人口中的人生勝利組，在各種社交場合裡，總會有人稱讚他年輕有爲，名下不僅有車、有房，還娶了一位貌美溫婉的妻子。

然而，好景不常。兒子出生沒多久，妻子便因外遇提出離婚。

這些屬於大人世界的眞相，季在恆從不刻意隱瞞，季時予全都知曉。

正因如此，當季在恆坦白自己愛上了一位有夫之婦，並且對方還有個九歲的女兒時，季時予心中湧起的，除了難以置信，還有一股幾近本能的抗拒和排斥。

可是，他卻無法否認，父親在認識對方後，那份發自內心、肉眼可見的快樂。

遊戲進入開戰畫面。季時予戴上頭罩式耳機前，輕聲說道：「我知道了。」

✦

九歲的徐苒，比照片裡高了些，身形也更加纖細。

「妳是誰？」季時予故意發問。

徐苒的表情微僵，露出一絲幾不可察的慌張，幸好季在恆開口解圍，並替她免去了自我介紹的壓力。

季時予無意刁難，他輕勾唇角，抬了抬下巴，示意她看向一旁的空位，「要過來看嗎？」

正在和季時予連線打遊戲的Fiz，聽見他似乎正在與人交談，便欠揍地傳來一則訊息：「呦——季同學怎麼突然不說話？該不會是偷看A片，被跑去突擊檢查的女朋友給抓到了吧？」

季時予眼角餘光掠過身旁的女孩，捕捉到她微妙的神情——儘管有些不自在，卻拚命裝出沉著鎮定的模樣。

不知爲何，他忽然起了點玩心。

「哪來的女朋友？」他嘴角帶笑，語氣慵懶地說：「是妹妹來了。」

果不其然，徐苒的臉瞬間漲紅，而他則沉浸在無人知曉的趣味裡，自得其樂。

不一會兒，徐苒靠著椅背睡著了。

正在等待角色復活的季時予側頭一瞥，原本想喊父親帶她去沙發休息，卻見他與徐苒的母親周芷馨倚肩低語，眉眼間盡是柔情。

他收回目光，透過螢幕上反灰的畫面，隱約看見女孩睡著的模樣。

鬆懈下來的徐苒，終於露出了些九歲孩子該有的神情。微張的唇，細緩的鼻息，小小的腦袋一點一點晃著，像是隨時都會撞上桌角。

陽光斜斜地灑落，時間彷彿停滯在這一刻。

季時予不禁想，如果未來的某一天，他們眞的成了名義上的兄妹，那會是什麼樣子呢？

她會因爲他父親拆散她的家庭，而埋怨他嗎？她會試著融入這個新家嗎？

父母之間的疏離與爭執，使整個家被沉重的氣氛籠罩，而她也因此變得更加安靜懂事，像個過於早熟的小大人。

季時予看著女孩，心想，她應該……不快樂吧？

身爲孩子，他們無力左右大人的選擇，只能默默期盼，父母能把他們放在心上。

徐苒的身子越來越傾斜，眼看就要從椅子上滑下來，季時予這才伸出手扶住她。

趁著遊戲空檔，季時予將椅子往她的方向挪了些，側身微傾，好讓她能靠在自己的肩膀上，「妳睡吧，反正這局也快結束了。」

沒過多久，季時予便發現這個決定簡直糟透了——徐苒在他新買沒幾天、第一次穿的衣服上流口水。

季時予退出遊戲，屈肘撐著腦袋，看向左肩那片溼漉漉的痕跡，再看向徐苒安然沉睡、毫無防備的臉龐，心底竟湧上一種說不上來的……微妙感。

傍晚，徐苒被母親喚醒，揉著眼睛從座位上爬起來。

季時予見狀，立刻轉身上樓。

沒人知道，回到房間後，季時予貼門而立，身體一抽一抽的，忍不住笑出聲。

他抬手抹了把臉，覺得自己簡直瘋了，居然能因爲一灘口水笑成這樣。

✦

那天之後，季時予開始留意徐苒的每一個小動作。

她吃飯時，總是坐得很端正，夾菜時會把碗舉高去接，像是怕被人說沒家教似的。她的成績一向優異，寫國文和社會科作業時，卻容易皺眉。

最不擅長的科目是美術課。某次，她帶著在課堂上做的黏土作品回家，季時予覺得那既不像熊，也不像貓，最後她面無表情地揭曉答案，「是兔子。」

餐桌邊的徐苒正在專心地寫試卷。季時予心想，此刻的畫面，像一幅細緻的素描畫，勾勒出靜謐的日常。

他低頭在戰隊群組裡回了一句：「先下了。」

Deen立刻問：「去哪？才八點。」

Wally：「放假回家不就是要休息的嗎？你這隊長沒人性欸！」

Deen：「靠，Driv這傢伙PK贏了就想跑，我是不能問一句喔？」

Zephyrax默默已讀，在線看好戲。

Fiz：「放心啦，咱們Deen隊長絕對不是輸不起，因爲再打幾局也一樣輸啊——哈哈哈哈哈哈！」

季時予彎了下嘴角，將手機塞進口袋裡。他走到徐苒身邊，俯身看向她的試卷，低聲問：「快考試了？」

徐苒被他忽然的靠近嚇了一跳，點點頭。

「這題錯了。」他指著社會科試卷上的一道選擇題。

「啊？」她眨了眨眼，低頭仔細地重看一遍。

「讀書講求技巧。」季時予拉開椅子坐下，餘光掃過桌上攤開的各科題本，「哥哥平時當家教可是要收費的，不過妳是妹妹，享有免費福利。」

「你什麼時候當過家教？」她小聲嘀咕：「還有，我怎麼就成了你妹妹？」

季時予笑著揉了揉她的髮頂，「別不知好歹，這時候只需要說『謝謝哥哥』就行了。」

「你不是在打遊戲？」

「嗯，就是說啊……」他爲什麼不繼續打遊戲，要來充當家教？對於這個問題，季時予暫時也無法解釋。

他翻著國文題本，在幾處關鍵句子上做了標記，並圈起那些容易被忽略的重點。

須臾，見徐苒仍怔怔地盯著自己看，他挑眉道：「快把剩下的題目寫完，看我幹麼？」

徐苒聞言，這才回過神，臉頰微微泛紅，低頭奮筆疾書。

季時予在一旁看著，偶爾指正錯誤，偶爾幫她釐清解題脈絡。

從前，他的世界裡只有電競，對其餘事物皆提不起興趣；可此刻，看著燈光將兩人並肩的影子拉長，靜靜地映在牆上，他忽然意識到，自己喜歡有她在的時光。

替她複習功課、充當臨時家教，發現她遇到難題時，會不自覺咬著筆頭，明明很挑食，但若是一起吃飯，即便是不喜歡的菜，也會勉強吃下去。

徐苒的情緒總是藏得很深，因此每當她因某件小事露出不同的表情時，都會令他感到驚喜。

越是好奇，就越想了解她。

✦

徐苒小學畢業的那年暑假，她的父母離婚了。

那段時間，季時予正處於比賽前的封閉訓練期。馬拉松式的體能訓練、戰略分析，與密集的訓練賽，塞滿季時予一整天的時間，讓他連睡覺都成了奢侈，根本無暇顧及其他。

「時予，不好意思，請問你今天有跟小苒聯絡嗎？」

直到那天，周芷馨傳來一則訊息，他這才驀然想起，上週似乎聽父親提到，周芷馨正在辦理離婚手續。

季時予摘下耳麥，走出練習室，找了處安靜的角落撥通電話。

了解情況後，他回到座位前，神色凝重。

「有人開始囂張了，感覺就是欠電，我們當然不能錯過痛宰他的機會啊！」

未察覺異樣的Zephyrax搭著季時予的肩，笑說：「等等要和陌生玩家組隊，Fiz跟

Deen對我們，打贏叫他們請全隊吃宵夜！」

季時予垂下眼，心緒微亂。片刻後，他撥開Zephyrax的手，簡短交代，「我出去一下。」

「嗯？」Zephyrax一愣，疑惑地挑眉，「你去哪？」

「家裡有事。」話落，他便立刻動身。

季時予依循周芷馨提供的地址，趕往徐苒住處，途中撥了幾通電話給她，但每一通都直接轉進語音信箱。

車窗外的風景快速地掠過，透過手機螢幕反射的微光，映在季時予的臉上。他看上去十分冷靜，實則心底早已升起一股莫名的慌張。

他開始回想過去徐苒分享的每一件小事，在腦中翻找她曾提及的地點與習慣。最後，憑著某條不起眼的線索，終於在公園裡找到了她。

徐苒坐在鞦韆上，身子微微前傾，雙腳貼地，輕晃鞦韆。她望著前方不遠處的草叢，臉上沒什麼表情，眼神茫然得像在發呆。

一個十三歲的女孩，面對父母離異，會有什麼樣的情緒？季時予不知道。

但望著那未掉下一滴眼淚，依然能心平氣和聊著天的徐苒，季時予忽然覺得，在她的沉默裡，藏著一種似曾相識的感覺。

他彷彿從她的身上，看見了當年那個得知父母離婚真相時的自己——不哭不鬧，平靜地接受一切，甚至來不及察覺，那悄無聲息刺進胸口的疼痛。

因此，他想讓她知道，從今往後，至少有一個人，願意把她放在最優先的位置。

因爲她値得。

✦

有人說，愛情藏在那些不經意心動、卻渾然未覺的瞬間裡。

當季時予意識到自己對徐苒的情感已悄然越界，不再只是「兄妹之情」時，他並未刻意深究那份悸動從何而來。

比起分析愛上一個人的理由，他更願相信：愛，是一種直覺，是無法抗拒的本能與執著。

有趣的是，理工背景出身的他，本應重邏輯、講依據，但在感情這一塊，他卻願意順從感性。

就像當年父親再婚時，徐苒開始頻繁地出現在他身邊時，他也並未抗拒。

或許是因爲，他從未將她視爲必須接受的「家人」，因此，這份情感才能在不自覺中滋長，沒有壓力，也無需說服。

無數不經意泛起的心動，成了滋養愛意的養分，使名爲愛的種子在他心中悄悄萌芽，並隨著時間流轉靜靜蔓延。

從十五歲到二十二歲，整整七年，季時予將青春獻給了電競。他曾熱愛，也曾輝煌，回望來時路，從未後悔那些年的選擇與堅持。

然而，電競選手的黃金時期大多集中在十七至二十四歲，遠比其他職業短暫，這是他不得不面對的現實。

或許有些人會認爲，他決定退役的時間點尚早，且至二十四歲以後才退役的例子也不在少數，但在那聲光交錯、萬眾矚目的競技舞臺下，對於職業規劃，季時予慢慢有了不一樣的想像與期待，也萌生出了不同以往的渴望。

長年身處電競圈，他早已習慣在高壓狀態下制定策略、分析對手。這些能力，都是他自己一點一滴磨練出來的。

他對遊戲系統的理解，對資訊架構與演算法的興趣，隨著年歲與經驗逐漸累積，讓他開始思考另一種可能——若能將這些經驗系統化，未來是否能進一步進修、投身資訊工程領域，甚至教書育人？

成爲講師或教授這條路，不容倉促、蹉跎，必須趁早規劃。正好，季時予不願等到自己的體力、反應力下降，被市場淘汰才退場。

他覺得，那種逐漸被取代的感覺，遠比輸掉比賽更加難以接受。與其被迫離開，他更傾向在巔峰時瀟灑謝幕。

這樣一來，他既能給徐苒一個安穩的未來，也能坦然光明地走進她的世界，開啟另一段人生旅程。

在戰隊最輝煌的時期毅然退役，從來不是一個簡單的決定。

隊友們的憤怒、不諒解與失望，甚至潛藏的決裂危機，他都曾預想過。然而，NBTB的所有成員，最終仍選擇尊重他的決定。

當SH一宣布Driv退役的消息，電競圈瞬間譁然。沒有了他的參與，NBTB在《譽神》新賽季的積分排名也隨之動搖。

即使聲勢受挫、黑粉的惡意留言如潮水湧至，也撼動不了戰隊如磐石般的團結。五個大男孩，從相識到相知，一路並肩作戰，最終攜手締造屬於他們的傳奇。

即使天下無不散之筵席，這份友情依然堅實如初，熠熠如星。

退役後，季時予立刻投入新的生活規劃。他著手研究學校與科系，整理個人申請資料，擬定進修時間表，爲自己設計出一套高效率、目標導向的計畫。

若一切順利，他將在幾年內完成碩博士學位，發表核心論文，進入教學實習體系，取得講師資格後回國，甚至有機會成爲徐苒就讀大學某學院的教授。

一切看似井然有序，目標清晰，步步爲營。

唯獨剩下最後一道難題——距離。

季時予不怕挑戰，也不畏重新起步，唯一擔心的，是在深夜挑燈苦讀時，那份揮之不去的牽掛。

剛赴海外求學的那段日子，他確實很忙。

時差與語言從不是難題，眞正棘手的，是那忙碌的生活節奏。

早出晚歸的課程、大量的文獻閱讀、接連而來的研究命題與論文期程，再加上系統研發團隊的專案合作，讓他幾乎沒有喘息的空隙。

生活像上緊發條的機械時鐘，分秒必爭。原本計畫寒暑假返國探望徐苒的安排，也在一項又一項的任務中，一再延後。

他不止一次在課堂空檔或深夜搭地鐵回宿舍時，點開與徐苒的對話框，卻總在敲下第一個字前，默默關掉手機螢幕。

他不是不想聯絡，而是怕自己無法好好回覆她的訊息，既然心有餘而力不足，不如暫時沉默。

直到某個清晨，在出發前往圖書館的路上，他忽然很想聽聽她的聲音。

電話撥了出去，他卻在待接音響起前匆匆掛斷，轉而改發了一則訊息。

從那以後，他們慢慢恢復了聯繫。

有時是徐苒傳來的食物照片，有時是他順手記錄的校園風景。

簡單平凡的生活瑣事，略顯無趣的通訊內容，在不知不覺間，化作一縷溫柔光芒，支撐他走過無數孤獨與疲憊的日子。

✦

在美國求學那幾年，季時予默默爲自己鋪出一條通往徐苒身邊的路，並一步一步，掃除他們之間可能的障礙。

因此，他主動向父親與周芷馨坦承自己對徐苒的心意。

基於對兒子的了解，季在恆得知此事後，並未反對。有別於丈夫的沉默，周芷馨當下就提出了許多顧慮。

季時予了解她的考量後，沒有迴避，也沒有辯解，而是坦率、誠實地回答了所有犀利的問題。

在經過幾天的深思後，周芷馨提出了一個條件。她希望季時予能在完成學業、達成目標之前，盡量避免和徐苒見面或聯絡，給彼此時間冷靜、沉澱，也讓雙方都能專注於眼前的事物。

在與周芷馨深聊後，季時予答應了她的要求。他明白，這個決定意味著，在接下來的時間裡，他只能將對徐苒的思念，深藏於心底。

雖然答應了周芷馨，在完成學業之前，暫時切斷與徐苒的聯繫，但季時予仍不想錯過她的生日。

於是，他利用課餘時間前往百貨公司，挑選了一條有著花形墜飾的項鍊，想送給徐苒，當作她的生日禮物。

起初，他選那條項鍊只是因為它漂亮、簡潔，看起來很適合徐苒。

後來，一位店員前來介紹，他才知道那朵花是梔子花，花語是暗戀，與無聲的守候，恰恰道出了他此刻的心境。

結帳時，他一度猶豫，擔心如果徐苒知道這層含意，兩人之間好不容易建立的關係會有所改變。

然而，就在徐苒生日的前幾天，這份顧慮便因為余力的一句話，消失得無影無蹤。

余力：「照你妹妹那個性，我看你就算送一束玫瑰，她都不會覺得有問題。」

季時予盯著對話框內的文字，勾起嘴角。

余力又傳來一則訊息：「但你不會眞那麼變態送束玫瑰給徐苒吧？」

季時予見狀，冷笑一聲，飛快地回：「謝了。」

季時予寄出裝有禮物的包裹，請在國內的Fiz代收，再麻煩他依照指定時間，將禮物送到徐苒家。

某晚，當他正在和Fiz通話，確認物流安排時，西班牙籍的室友剛好端著咖啡經過。

聽見季時予說著一連串他聽不懂的中文，他感到好奇，於是停下腳步。

季時予一掛掉電話，室友立刻用帶著濃重口音的英文問道：「你剛剛，是不是在跟女朋友講電話？」

「不是，是我朋友。」季時予難得主動分享：「我喜歡的女孩子快要生日了，我在爲她準備驚喜。」

室友眼睛一亮，興奮地拍拍他的肩，「你應該親自唱生日快樂歌給她聽！上次我爲我女朋友這樣做，她非常感動。」

季時予聞言，露出些許遲疑的神色。

對方見狀，又道：「唉呦，兄弟，面對自己心愛的女人，有什麼好害羞的？重要的是，你得讓她知道你有多在乎她。」

於是，徐苒生日當天，在確認禮物順利送到她手上之後，季時予回到房間，拿起手機，按下錄音鍵，唱了好幾遍生日快樂歌。

他仔細聆聽每一個錄音檔，挑出最滿意的一個，傳給了她。

四季更迭，光陰似箭。

轉眼間，徐苒就要畢業了。

因爲季時予和周芷馨約定好，在完成學業之前，盡量避免和徐苒聯絡，因此，現在的他們，已然形同陌路，消失在彼此的生活之中。

徐苒畢業典禮的日期，季時予是從季在恆那邊得知的。

因爲移民簽證程序的相關規定，季時予的父親和周芷馨無法回國參加徐苒的畢業典禮；季時予則因當天有一場相當重要的國際研討會，亦不克前往。

帶著想趁機和徐苒聊上幾句的期待，季時予久違地傳了一則訊息給她，內容除了表達無法參加的歉意外，也祝賀她高中畢業。

然而，徐苒只是已讀不回。

雖然心知慢熟的徐苒，在他久未聯絡後，態度難免冷淡疏離，可季時予仍爲此感到失落。

熟悉的《譽神》系統語音響起——「藍方已團滅。」

短短半小時，Zephyrax和Deen就被季時予心狠手辣地擊潰。

「再讓我聽到『藍方已團滅』這五個字，我絕對會把滑鼠摔爛……」Deen的聲音裡滿是無奈與絕望，「Zephyrax，你不是說你的ＩＤ上貼著『虛空遊俠』的名字嗎？還亞服第一咧，剛剛『嘎嘎』隱身在岩石後面，你是沒看到喔？」

「我知道啊，所以我不是開分身了嗎？誰知道Wally那傢伙這麼準，隨便丟都能丟中我的真身……」

「哈哈哈，開什麼玩笑，這麼多年兄弟，我怎麼可能看不出你的走位？」Wally得意地道。

Wally這場比賽使用的是上個月剛推出的全新角色「嘎嘎」。「嘎嘎」的外型酷似短尾袋鼠，頭上有兩隻鹿角，被封為《譽神》中，最萌的角色。

「你就躺著贏吧！根本全靠Driv在撐。」Deen悶聲回應，「瞧不起誰呢？竟然給我用新角色，嘎嘎的所有技能裡，你大概也只會用那一招吧！」

「欸——我可不是那種人啊，怎麼可能瞧不起你們。」Wally操作著剛復活的嘎嘎，慢吞吞地往主戰場前進，「你不覺得這隻新角色很可愛嗎？」

「Driv今天殺這麼凶，確實不差Wally那一點沒用的殺傷力——啊啊……」Zephyrax哀號一聲，畫面瞬間變灰。他翻了個白眼，連自己剛才怎麼死的都不知道，「我們到底幹麼自作孽，跟Driv玩二對二？」

對戰結束，聊天室內，兩隊人馬兩樣情。

Deen嘆了口氣，「Driv，說說你的願望吧，真的不用再打第三場了。」

「徐苒的畢業典禮，替我送束花去，麻煩你們了。」季時予頓了頓，補充道：

「價格不限。」

一週後，季時予在NBTB的五人群組裡，收到Zephyrax和Deen的訊息。

「季家有女初長成，令妹一切安好，依舊光彩照人。季哥哥你就放心吧。」Zephyrax報備完畢，還附上一張偷拍照。

季時予點開照片，畫面中的徐苒似乎在聽李采璇和陳品亦聊天。她清秀的鵝蛋臉略施淡妝，粉色洋裝爲她增添了柔和氣息，整個人看起來神采奕奕。

他儲存照片後，想在聊天室裡誇讚Zephyrax的攝影技術時，便看到Deen的吐槽。

「人家姓徐，不姓季。」

季時予看著那句話，嘴角緩緩勾起一抹笑意。要讓徐苒姓季，或許也並非完全不可能……

「那個……雖然達成了任務……但出了一點小意外。」Zephyrax小心翼翼地試探。

季時予只回傳了一個問號，就給人一種毛骨悚然的感覺。

Deen決定一鼓作氣坦白：「那束『價格不限』的花，花店包的是紅玫瑰。」

訊息一發出去，Zephyrax和Deen如坐針氈，忐忑地等待季時予的反應。

經過漫長得像過了一個世紀的沉默後，群組裡終於跳出季時予的回覆——「幹得不錯。」

Zephyrax和Deen差點喜極而泣。

人已畢業，花也送到了，但季時予卻未收到那心心念念之人的致謝電話，或是一則訊息。

時光沒能帶走他悄悄寄存在徐苒那裡的情感，他在每個日升月落裡，期待著與她重逢的那天。

深夜，季時予收到蘇聿傳來的一條語音訊息：「你拜託我幫忙的事，關榆熹說她老公前幾天已經去景大了。等著看吧。」

與此同時，筆電螢幕右上角滑出一封來自景大的通知信。

季時予輕輕一笑，指尖敲下兩個字：「謝謝。」

他終於要回去了，終於能奔赴那個他跨越漫長時光，想永遠停留的地方。

✦

「我有一個喜歡了很久的人。好不容易快讓她點頭了，請大家爲我加油。」

全明星賽後的媒體聯訪，就在這句突如其來的回答後落幕，驚呼聲與閃光燈此起彼落，現場記者紛紛將這句話記在筆記本的頂端，甚至開始討論該如何下標才能有效吸引大眾目光。

Zephyrax搭上季時予的肩膀，笑得一臉促狹，「Driv，你故意的吧！」

「這就公開表白了？」Fiz眼神發亮，湊過來起鬨。

「這麼有勇氣，不怕公開即失戀？」Deen勾起唇角，吐槽道。

「誰啊？」Wally一臉問號，他的神經太大條，完全沒接上線。

「你這麼遲鈍？要確定欸？」Zephyrax瞥了他一眼，無奈地搖頭。

季時予嘴角微揚，從容地穿過後臺通道，朝選手休息區走去，一心只想快點取回置物櫃裡的手機。

場館內熾熱的燈光仍亮得刺眼，餘音未散的歡呼聲，在五名大男生的腦中迴響，讓他們彷彿回到了初入賽場、血氣方剛的年少時光。

「我剛剛那場大招放得超帥吧！」Wally邊走邊比劃，自戀地說：「應該可以剪成精彩片段，丟上官方頻道，保證點閱破萬。」

「呵，你放空那段才經典。」Fiz揶揄，「攻塔前反應慢半拍，還好Zephyrax收得快，不然我們團滅你要負全責。」

Wally高聲反駁：「那叫戰術性誘敵，懂不懂？」

「是是是，請戰術大師下次開麥講一聲，不然我們會以爲你滑鼠壞了。」

Deen笑出聲來。

季時予沒參與他們的對話，徑直走進NBTB專屬休息室。

剛拿起手機，他就聽見背後有人喊他——「Driv！」

他頓了一下才回頭，看清楚眼前人後，他道：「關榆熹？」

幾年前，兩人曾有過幾面之緣。當時剛升上大四的關榆熹到新聞臺實習，專跑娛樂線，總是拿著筆記本蹲在場邊，緊張地記錄每個賽點。

後來，季時予在和蘇聿聊天時，才知道她是他老婆的閨密。

關榆熹看起來比以前更有自信，眉宇間的稜角柔和了不少。她向他揮了揮手，笑得自然親切，「還記得我嗎？」

「記得。」季時予點點頭，嘴角揚起一抹淺笑，「很難忘記那個當年問我十個問題，最後只記得五個答案的記者。」

關榆熹爽朗地笑出聲，「沒想到你還記得這件事。」

「妳今天是來負責什麼項目？」

「我有個認識的記者朋友，負責這次全明星賽的採訪，剛好我來韓國旅遊，就順便幫她到後臺蒐集側拍素材，順便探探……你的最新八卦？」

季時予聽出她話裡的暗示，瞥了眼手機螢幕，確認沒有訊息後才問：「想知道什麼？」

關榆熹搓了搓下巴，思索片刻，隨後點開手機裡，季時予的側拍照，「當年電競圈零緋聞的天才選手，今天忽然自爆戀情，高調得都不像你了。」

「可能是年紀到了，變得更直接了一點。」季時予語氣輕快地道，「況且，我以爲女孩子都喜歡被公開表白，比較有安全感。」

「也是，如果對象是你的話，的確需要非常多的安全感，光是這張臉就……嘖、嘖。」

「聽說妳剛結婚不久，說這種話，不怕老公吃醋？」

「怎麼？我現在連欣賞美好事物、養養眼的資格都沒有嗎？」

季時予笑了笑，感覺到手機震動，低頭瞥見螢幕上的通知，嘴角的笑意更深了。

徐苒：「你什麼時候回國？」

他向關榆熹比了個抱歉的手勢，隨即回覆訊息：「再兩天。」

不過幾秒，徐苒便傳來新的一則訊息：「不能明天嗎？」

「怎麼？想我了？」

季時予抬首，看見正挑著眉的關榆熹，此刻的她，像極了在前排看好戲的觀眾。

正當他準備分享更多時，聊天室內再度捎來文字：「嗯，我想你了。」

一句簡短直接的話，在他的心底掀起了澎湃的感動。

「對不起，我要先走了。」季時予抬頭對關榆熹說。

關榆熹心領神會，眼中閃過一絲善意與理解，笑道：「去吧。」

「下次再聊。」季時予回以一抹微笑，一邊快步走出休息室，一邊用手機查詢能最快飛回國內的航班。

「欸欸欸——你去哪？」Wally伸手攔住他，「今晚的慶功宴你逃不掉欸！」

「我要回國。」

「啥？」Wally瞪大眼，整個人都懵了。

Zephyrax搖頭失笑，「以前是妹控，現在變馬子狗。徐苒可真不簡單。」

「愛情果然——」Deen雙手環胸，語氣故作老成，「是會讓人喪失理智的。」

Fiz噗哧一笑，「我覺得他是頭被撞傻了，但我respect！」

「隨便你啦，但你至少要在慶功宴上露個臉，陪廠商們喝兩杯，否則我會被SH殺掉的。等結束後，看你要搭幾點的飛機，我都送你去機場，行嗎？」Wally說。

季時予沉默了兩秒後，才點點頭。

清晨五點，機場大廳裡沒什麼人，看上去十分清冷。

Wally穿著連帽外套，邊打哈欠邊拖著季時予的行李箱，嘴裡叨叨不休：「我眞是上輩子欠了你的……」

「這輩子還清，下輩子就輕鬆了。」戴著一副墨鏡的季時予勾唇道。

辦理完報到手續後，季時予拖著登機箱，準備往安檢區走去。

「欸，等一下！」Wally突然喊住他。

季時予回頭，只見Wally舉起手機，拍了張照。

「幹麼？」

「慶祝你即將脫離母胎單身啊，留個紀念。」

照片裡的季時予，手插口袋，神情輕鬆地站在出境大廳，眉眼間多了點笑意。

「你要是暗戀我，想存照片，我不介意，但不准發出去。」季時予淡然地道：「我有喜歡的人了。」

Wally大翻白眼，調侃：「幹麼？怕被粉絲看見你這副戀愛腦的樣子喔？」

季時予轉過身，抬手揮了揮，身影隨著腳步漸漸淡去。

幾分鐘後，Wally於社群平臺上發表最新動態。那是一張無人的出境大廳照，配上簡單的文字——

Driv這傢伙……居然拋下兄弟搭飛機跑了！

P.S.此行只許成功不許失敗，否則回來跪鍵盤。

番外

# 此生最美的風景

從初見妳的那一刻開始，我就知道，我會記得妳很久、很久。

六月初，景帝大學的鳳凰花正盛，柔和的陽光穿過枝葉間的縫隙，斑斕地灑落在校園各處。

畢業典禮當日，景帝大學比往常更加熱鬧。

草地上的拱門，被氣球與向日葵裝飾得五彩繽紛，身穿學士服的學生穿梭於各系之間，歡笑聲此起彼落。

舞臺上正在進行頒獎，當頒獎者念出「徐苒」時，全場掌聲響起。

季時予站在人群之外，目光穿越熙攘人群，落在那道熟悉的身影上。

他身著剪裁簡約的白襯衫，袖口挽至手肘，手裡捧著一束純白的梔子花，平靜的神情中帶著些許溫柔，看起來不像一名大學教授，反倒像是準備告白的大男孩。

儘管他已盡量保持低調，但NBTB全隊合體現身，實在很難讓人不注意。

圍觀的學生們議論紛紛，幾乎一致猜測，這位曾經叱吒電競圈的傳奇選手、資工系的現任教授，是來祝賀妹妹徐苒畢業的。

季時予此刻的心情，與他表面上的鎮定截然不同。他忽然想起蘇聿曾分享的求婚經驗——

「當時我把她按在床上，直接說了句『我們結婚吧』。」

「然後呢？」

「不得不說，等待回應的那短短幾分鐘，特別煎熬。於是我開始後悔，不該把婚求得那麼隨便。」蘇聿頓了頓，笑說：「雖然她看起來也不像真的想拒絕。」

「顯然她最後還是答應了？」

「她嗎？」蘇聿思考了一會兒，「由於本人不接受拒絕，只好用美色逼她就範了。」

季時予勾動嘴角，臉上卻未見笑意，「謝謝你，這經驗真是一點參考價值都沒有。」

若他仿效這種做法，即便徐苒點頭，周芷馨也不會放過他，最後他們父子倆都無法安生。

「叔叔阿姨今天不來，會不會太可惜了?」Wally咬著一根吸管，語氣吊兒郎當，「我頭一次見你這麼浪漫耶，像偶像劇男主角。」

「他早就打過電話了，怕徐苒會尷尬，所以才請他們別來的。」

畢竟，撇開那段重組家庭帶來名義上的「兄妹關係」不談，即便雙方並無血緣、父母也沒有正式收養，但教授與學生的身分，仍舊容易成為他人口中的話柄。

也正因如此，自交往以來，他們始終謹慎而克制，竭力守護這段難得的感情。如今，徐苒終於畢業了。他想要在陽光下，親手迎接她，走向那條能並肩而行的未來。

Deen雙手抱胸，靠在欄杆邊，笑著打趣，「Driv等一下該不會靈感一來，現場求婚吧？」

「不可能啦！徐苒才幾歲啊？」Wally擺了擺手，「新時代女性欸，還是理工科的，哪可能這麼年輕就想不開？」

「你講這句話都不怕Driv記仇欸。」Fiz道。

Zephyrax笑著推了Deen一把，「你以爲Driv是你喔？這麼衝動。」

Wally咂了咂嘴，「但你說說看，好端端的戀愛不談，偏偏挑戰僞兄妹，還順帶師生戀，搞得這樣談場戀愛還得躲躲藏藏的，等妹妹畢業才能公開。」

「就他那打比賽時要拚就拚最大的性格，要是難度不夠高，他可是不接手的。」Zephyrax調侃。

「話說回來，要是今天只是公開戀情，那我們幹麼全員到齊啊？」Deen打了個哈欠。

「哇，公開戀情還不夠勁爆？Deen你口味眞重耶。」Wally說。

Fiz雙手按在胸口，語氣誇張：「我們家Driv終於能大大方方爲自己正名了，難道不值得拉炮慶祝嗎？」

「你就繼續胡說吧。」Zephyrax冷眼朝他伸手，「炮呢？拿一個出來我看看？」

季時予聽著他們那些沒營養的嬉鬧言論，嘴角始終掛著一抹輕淺的笑。

實際上，他的心情並不似表面那樣從容。並非因爲緊張，而是太在意了。

徐苒和李采璇、陳品亦並肩走來。

此刻的她已換下學士服，身穿一襲素雅的白色洋裝，髮髻高挽，幾縷髮絲垂落在額前，整個人像極了季時予手中的那束梔子花，純潔高雅。

她看著他，清澈的眼底映著落日的光，一如當年初見時的模樣。

季時予在眾人的催促聲中，朝徐苒邁開步伐。他忍不住地想——

她是他願意奔赴，最遠的征程，亦是此生，唯一的心之所向。

後記
# 願我們都熱愛著這樣的自己

《但願你，熱愛這樣的我》是「相愛相殺系列」繼《男神，你等等》、《我會在光影之處等你》後的第三部作品。

我將「重組家庭」的設定放進了角色生命裡，讓季時予與徐苒成爲彼此人生中無法預料的變數。

季時予和徐苒都經歷了家人離去、熟悉的家隨之崩解的情況，這讓他們因此感到迷惘，也因此對愛情抱持遲疑的態度。

幸好那些無以寄託的孤獨與渴望，終究在時間的沉澱下，被理解、被擁抱，最後譜寫出屬於他們對彼此的熱愛。

這是我第一次把角色的職業設定，完整融入故事裡。

「電競」這個題材，爲這部作品增添了更多的熱血與張力。而在那之下，我想說的，依舊是我熟悉且喜歡的主題——自我了解與成長。

希望大家閱讀時，都能透過徐苒的視角，隨著她的步伐，一起貼近內心深處的渴望。那份「想被看見、想被選擇、想被愛」的心情，或許在我們每個人的成長歷程中，都曾經有過。

謝謝POPO去年出版了《我會在光影之處等你》，才不至於被讀者們發現，我去年其實都沒交新稿（笑）。

如今，我帶著滿滿的愛與誠意，終於能光明正大地說：「今年才過一半，我就帶著新作品回來了！」

雖然出版過許多部作品，但每回創作新故事時，我仍然總是小心翼翼地敲下每個文字，期盼它們能被賦予溫度、情感，即便它只是書海中的一縷微光。

創作之路如此漫長，我從不覺得能憑藉自己的力量走到這裡。

每一次出版的背後，需經歷多少雙一起努力捧起這個故事的手，才得以付梓成書，成爲看到這裡的你，手中一本實實在在的小說。

而這一路上，最重要的還有你們——願意陪伴、支持與鼓勵我的讀者朋友。是你們，成就了現在的「米琳」。

非常感謝，願意推薦這部作品的Misa，身爲小粉絲的我，能得到喜愛的作家幫忙背書，實在太幸福了。

此外，我想特別感謝一位對我意義非凡的前輩——金鐘獎常勝軍、溫暖又具有影響力的編劇，溫郁芳老師。

我與溫老師的緣分，源於改編自《明天，我想和你談戀愛》的溫馨家庭劇《妳是我的姐妹》。

說是夢想成眞一點也不爲過，因爲我的青春，正是在溫老師所編劇的影視作品中度過的。

《我在墾丁*天氣晴》、《轉角*遇到愛》、《我的億萬麵包》、《華麗的挑戰》、《人際關係事務所》等作品，不僅陪伴著我，也影響了我對「故事」的想像。

從沒想過有一天，自己創作的故事，能獲得影視公司的青睞，由溫老師將其改編成影集，並於去年九月開播。

如今，我更沒想到《但願你，熱愛這樣的我》，能收穫老師親自撰寫的推薦序。溫老師的幽默與親切，和她筆下那些細膩動人的劇本一樣眞實。

她在序文裡，溫柔又精準地點出我在這次作品裡，努力嘗試的突破與用心，對我來說，是無比珍貴的鼓勵與肯定。

謝謝Misa、溫老師。謝謝願意相信我、支持我的每一位讀者。

謝謝多年陪伴我、看著我一路成長的POPO夥伴們，謝謝你們讓我圓夢。

最後，我想謝謝努力創作的自己。

就像季時予說的，「在能把一件事情做好時，我選擇留在那裡」。對我而言也是如此。

在還能好好寫故事的現在，我會繼續留在這裡，陪你們、陪未來的每一個故事，一起走下去。

謝謝你們，喜歡這樣的我，也願我們，都熱愛著這樣的自己。

米琳

國家圖書館出版品預行編目資料

但願你，熱愛這樣的我 / 米琳著. -- 初版. -- 臺北市：POPO原創出版，城邦原創股份有限公司出版：英屬蓋曼群島商家庭傳媒股份有限公司城邦分公司發行, 2025.07
面；　公分. --
ISBN 978-626-7710-43-2（平裝）

863.57　　114009003

# 但願你，熱愛這樣的我

作　　者／米琳
責任編輯／鄭啟樺　行銷業務／林政杰　版　　權／李婷雯

內容運營組長／李曉芳
副總經理／陳靜芬
總 經 理／黃淑貞
發 行 人／何飛鵬
法律顧問／元禾法律事務所　王子文律師
出　　版／POPO原創出版
城邦原創股份有限公司
台北市南港區昆陽街 16 號 4 樓
電話：(02) 2509-5506　傳真：(02) 2500-1933
email：service@popo.tw
發　　行／英屬蓋曼群島商家庭傳媒股份有限公司城邦分公司
聯絡地址：台北市南港區昆陽街 16 號 8 樓
書虫客服服務專線：(02) 25007718・(02) 25007719
24小時傳真服務：(02) 25001990・(02) 25001991
服務時間：週一至週五09:30-12:00・13:30-17:00
郵撥帳號：19863813　戶名：書虫股份有限公司
讀者服務信箱 email：service@readingclub.com.tw
城邦讀書花園網址：www.cite.com.tw
香港發行所／城邦（香港）出版集團有限公司
地址：香港九龍土瓜灣土瓜灣道86號順聯工業大廈6樓A室
email：hkcite@biznetvigator.com
電話：(852) 25086231　傳眞：(852) 25789337
馬新發行所／城邦（馬新）出版集團 Cité(M)Sdn. Bhd.
41, Jalan Radin Anum, Bandar Baru Sri Petaling,
57000 Kuala Lumpur, Malaysia.
電話：(603) 90563833　傳眞：(603) 90576622
email：services@cite.my

封面設計／Gincy
電腦排版／游淑萍
印　　刷／漾格科技股份有限公司
經 銷 商／聯合發行股份有限公司
電話：(02)2917-8022　傳眞：(02)2911-0053

■ 2025 年7月初版　Printed in Taiwan
■ 2025 年9月初版1.5 刷

**定價 / 360元**

著作權所有・翻印必究

ISBN　978-626-7710-43-2

本書如有缺頁、倒裝，請來信至service@popo.tw，會有專人協助換書事宜，謝謝！

POPO原創出版 www.popo.tw　城邦讀書花園 www.cite.com.tw